ヘンリー・フィールディング

ミセラニーズ

詩とエッセイ

Henry Fielding, *Miscellanies*

一ノ谷清美　訳

英宝社

アーサー・マーフィー編『ヘンリー・フィールディング作品集』(1762) 口絵

目次

詩

エッセイ

ヘンリー・フィールディング

ミセラニーズ

詩とエッセイ

日本語訳の底本は下記の通り
The Works of Henry Fielding: Miscellanies, Volume One. © 1972 by Henry Knight Miller. Published by Wesleyan University Press. Used by permission.

詩

真の偉大さについて
ジョージ・ドディントン[1]殿宛て書簡

不思議なことではある。人は皆、偉大さを礼賛するが、
自分が奉じているその女神を知っている人はほとんどいない。
人は千の事柄もすべて同じだと考え、
相異なる二つの像に一つの名を与える。
ギリシャでさえ、そのすべての広い神殿を見ても、
われわれが仕えている神々以上に
雑多な神々の民主政体を持ってはいなかった。一方で、われわれは皆、
一つの共通する聖堂の前に跪いているのだと言う。
　われわれ自身が偉大さを有するにしても、
あるいは他の人の胸中にある偉大さを崇拝するにしても。
　卑しい、群れをなす追従者が伺候して、
媚び、へつらい、取り入り、ぺこぺこし、腰をかがめる。
寵臣はより高い地位を感謝し、

一番になると、自らを偉大と称す。
空しき者よ。かようなことが偉大さになりうるだろうか。
栄誉が汚濁から生じうるだろうか。下劣さから称賛が生じうるだろうか。
ならば、インドの宝玉がスコットランドの海岸に輝くだろうし、
ペルーの金がコーンウォール[2]の鉱山で採れるだろう。
　見よ、花香る皐月、五月柱[3]が立ち、
農夫の手によって花輪で飾られ、
若者たちはその周りで浮かれ興じて踊り、
そして皆は派手に飾られた木の柱を崇める。
さても見よ、あくる日、華やぎがすべて失われたままに、
こうも早く柱は顧みられず、とり残される様を。
だからこそ汝よ、この柱よりは長く持続する驚異よ、
権力の高みに登り、肩書きで飾られてきらびやかでも、
これら夏の花輪が剥ぎ取られてしまえば、すぐに思い知ることになるだろう、
金銭の奴隷たちは汝を崇めはしないことを。
そして、汝の後任者の門前に、
権力の庇陰に、そして国家の財産に、彼らが蝟集するのを目撃するであろう。
権力は佞臣を生むが、太陽に集まる虫けらのごときもので、

日中は陽光の中で奔放に戯れ、日没ともなれば消えて行く。
　汝がいかに華麗を誇っても、隠者は敢えて軽蔑し、
(声を大にして言う)、偉大さとは善良かつ賢明であることだと。
肩書き、財宝、贅沢、そして見栄、
それら金めっきをした人間の愚かさを敵とする。
彼は世間を逃れ、荒野に赴き、
賑やかな都市や華麗な宮廷を非難する。
己の庵室の中では己が偉大に見え、
まるで玉座にまします君主か、あるいは凱旋馬車に乗った征服者のようだ。
　おお、汝、かくのごとく得意げに人類を軽蔑する者よ、
公正な目で汝の精神を探求せよ。
追従者が得をするのをあからさまに侮蔑しながらも、
汝は己の心中に追従者を養っていないだろうか。
節度が他の欲求を抑制しているときに、
極上の料理で汝の自負心をもてなすことのないようにせよ。
汝の非難が、勝ち誇る悪徳に襲いかかるとき、
くれぐれも妬みが汝の胆汁と混じらないようにせよ。
汝の胸によく問うがよい。仮に生まれながらに権力と威光を手にしていたとしたら、

はたしてそのとき権力と威光は汝の軽蔑を招いただろうかと。
もし汝の胸の内に悪意などはびこってはいないと言いつつも、
非難される罪悪を享受していたとしたらどうだろうか。
気難しくも意地の悪い頑迷な意志を、
われわれはよく、悪に対する嫌悪と呼び違えるものだ。
　かのつましい犬儒学派の哲学者[4]は、
歓喜する現世の勝者に嘲笑と侮蔑を投げつけた。
これより偉大な人間をどこぞに見出すことができようか。
それは罵り声をあげる犬儒学派の自負心を蔑む人。
フィリッポスの傲慢な息子[5]が、
野心の二番籤が汝にあたったのを知るのはもっともである。
自負心が、汝の胸をいずれ劣らぬ歓喜で燃立たせ、
人間を嫌い、遠ざけ、そして彼を毀つよう命じる。
　だが、アレクサンダーよ、
汝の方は、我こそがジュピターの真の子孫であると、証明したかったのではなかったか。
徳は汝に別の道を探るよう命じ、
人類を虐殺するのではなく、救済することを教えたのではなかったか。
　飢えのために獰猛で大胆になった痩せ狼に、

血まみれの羊の群れから、名誉を剥奪させるのか。
死んだ羊の群れにはその偉大さを表すことを許さず、
羊飼いには猛獣のごとく羊狩りをさせるのか。　（七〇）
他方、人間は飢えに駆り立てられたわけではないが、その住処から
名誉に至るべく、殺戮された人びとの死屍累々の山を登る。
略奪された平原と燃えさかる町に
盗人の恥ずべき罪でなく、英雄の栄光を喧伝させるつもりか。
一人の人間の貪欲な残忍さを満たすために
何千もの人を倒し、何百万もの人を破滅させるつもりか。　（七五）
　見よ、平原が人の血糊で赤く染まり、
水嵩を増す川が遺体と共にうねる。
見よ、破れ口から敵愾心に燃える大軍が洪水のごとくなだれこみ、
その勢いの流れのままに、抵抗せざる敵に襲いかかる。
聞け、そこかしこの街路であがる哀れな乙女たちの叫びを。　（八〇）
恋する男は死に絶えながら、恋人が陵辱されるのを目撃する。
幼子は母の涙を怪訝に思い、
怖がるより先に自らの運命を微笑みながら感じ取る。
老齢は、初手の攻撃を命じるが失敗に終わり、　（八五）

倒れる前に己の家族の分枝がすべて切り落とされているのを見る。
美貌は、自らが護衛すべき女主人を裏切り、
不忠実にも、強奪者の戦利品となる。
死は、唯一の友であり、降りかかる厄災から救ってくれるもの、
すぐに命を奪う者こそ、最も親切な勝者である。
　こうした行為が汝の高慢を生むことになったのか。
おお、フィリッポスの息子よ、これが汝の偉大さの喧伝になったのか。
そのような栄誉を、メフメト[6]は今わの際にあって懇願し、
己の墓に刻む碑文とした[7]。
仮に偉大さがこのような手段によって得られるのであれば、
偉大さを、より偉大な獣に与えないわけにはいくまい。
なぜなら、この獣は、単独で、本性による武装だけで災いをなすが、
それは汝のために何千もの人がなすほどの災いなのである。
　チャーチル[8]はそのような翼に乗って名声にたどりついたのではなく、
欧州を守るために武器を取ったのだ。
彼の征服は、無名の兵士たちの血を犠牲にしてなしとげられたが、
失われたそれぞれの貴い命によって、何百万もの人を救った。
　おお、堂々たる名よ。金の大文字で書かれ、

名声の永遠なる年代記に記録される。
さしものカエサル[9]も、汝を見れば、身を恥じて引き下がり、
より偉大な大義において、汝の方がより偉大であることを認める。
時の深淵より出でて高きに輝く汝を、
必ずや後世の人びとは見出すだろう。
そして汝の栄誉ある労苦によって獲得された偉業の恩恵に浴することになるだろう、
自由、あるいは、その名が存続する限り。
　さて、閣下、この高尚な光景は共に後にして、
もっと無様な格好をした、偽りの偉大さを見ることにしましょう。
では今から、野営地から学寮へと退却しましょう。
ここには偉人のいない庵室、私室はない。
ご覧あれ、自負心が驕慢な衒学者の表情に満つるのを、
征服した書物の積み山に微笑みかけるときの喜びの表情を。
キケロ[10]もセネカ[11]も彼にとってはお馴染みで、
彼らの高邁な思想はすべて自家薬籠中のもの。
これらを、適宜引用することもでき、
かくして、勘違いで名士を気取り、
借り物の上着をはおり、無様で不格好。

　書物を旅する者は、諸国を旅する者のごとく、
その旅を自慢するが、何も持ち帰らない。
ちょうど諸国を漫遊する洒落者のごとく、批評子も数々の書物をさすらうが、
疵物を持ち帰るのも確かである。　（一二五）
　偉大なのは、倦まずたゆまず働き
沃野に雑草一本も芽を出すのを見逃さない人。
ドライデン[12]の作品に一行でも拙いところがあれば、
それを指摘するのは、残りの詩行を完成させるのと同様、偉大なことである。　（一三〇）
　一方、好意的に著作に眼を通し、
疵を求めず、美を修復しようとする人びとがいる。
しかも何の躊躇もせず（それほど彼らは寛大で）、
一語を残すために何冊もの退屈きわまりないフォリオ版[13]を都合する。
とある背の高い木に虫が付着するとき、
その木の最も小さな葉からさえも、無数の虫が養分をもらっている。　（一三五）
そんなふうに、これらの文筆家たちはウェルギリウス[14]の名にしがみつき、
彼の美の微細なかけらを足場にして、名声に向かって舞い上る。
　目覚めよ、汝ら無益な雄蜂たちよ、
働き蜂たちが集めた蜜を食して成長するのを恥じるがよい。

見よ、商人は何千もの人びとに食べ物を与え、
損失は自らが引き受け、利益は公共のものとする。
自然の女神とて、その種々さまざまな恩恵をいまだ限定し、
こちらでは砂地を金に染め、あちらでは鉱山を銀色にする。
商人の恵みは自然の恵みにまさり、
自然が一人に限って与える物を、商人は万人に与える。
ならば商人は偉大ではないのか。
B卿[15]は自分が買収した者に対して真の偉大さを認めない。
B卿の狡猾さに気がついて、傷つけられた哀れな者は頬を赤らめ、
バーナードやヒースコート[16]は、そうしたサテュルス[17]を見て微笑む。
　しかし、仮に、卑劣にも
自分の儲けのために国を売るような商人がいるとしたら。
信用もされず、食にも窮す詩人は、
彼の家から葡萄酒もパンも持ち出すことなどしないが、
チープサイド[18]辺りで詩をひねり、
かの商人と最も卑しい衆民とを同列に置く。
詩人の自負心は、かの商人を軽蔑するにとどまらず、
芸術の女神たちを知らない者どもをことごとく軽蔑する。

詩人は叫ぶ。女神たちこそ真の名誉を与えることができ、
真の価値と見せかけのうわべを分かつことができると。
笏と王冠は、真の名誉によって栄えあるものになる。
(それらが王を作るわけではないが、王たることを際立たせる。)
王が真の名誉に残す遺産など短命で、
決して枯れない花輪を与えるのは詩人だけである。
われらの年代記のすべてが、アーガイル[19]のような人物を記録していないというのであれば、
詩の女神が、強いられれば、凡庸な貴族を讃えることもあるだろう。
しかし、もし詩の女神が好意ある調べを控えるということにでもなれば、
英雄の栄光もあだ花となる。
それはちょうど早春の、あるいは夏の満開の花のように、
今その時を賛美すること。
詩の女神は、死神が必定の大鎌で刈った高貴な名を拾い集め、
名声の穀物蔵に貯える。
しかして、襤褸をまとった偉大な詩人は、街路を通り抜けるとき、
差し押さえ執行吏に出会わないよう注意して歩く。
その惨めなありさまは皆の笑いぐさで、
しかし不運にも、たいていそれで彼の職業がばれてしまう。

詩人を笑う愚者たちは正直なのであって、
少し賢い者ならば、冷笑しながら詩人を褒め称える。
なぜなら詩歌は背信とかくのごとき運命を共にしており、
人は詩を愛するが、詩人を嫌悪するのだ。
だが、困窮と侮蔑に虐げられ、
遠ざけられ、嫌われ、馬鹿にされ、人びとの蔑視と嘲笑の的となり、
おそらくは健全な空気から隔離されても、
偉大さを己の心の内から追い出すことなどだれが望むだろうか。
　私は、多少の偉大さが自分自身の中にあるのを見るが、
それは私がただ書いているからというのでなく、貴殿宛てに書いているからなのだ。
　貴殿に申し上げる。この野蛮《ゴシック》な鉛の時代にあっては、
機知が印刷物と舞台から追放され[20]、
愚者たちはより偉大なる愚かさを誇示し、
一方、良識ある人びとは良識を恥じているように見える。
無意味《ナンセンス》が崇高《サブライム》をさす用語となり、
間抜けでないことは罪となる。
低級なおどけ者の冷やかしが受けて、
人びとは大概そのような書き物で満足する。

ちょうどウォルポール[21]当人は、読むに値するものを購入するなどありえないように。
一方、貴殿の方は、当世風ではない竪琴の弦を張り、
芸術の女神たちや、女神たちのお気に入りのヤング[22]を自分のものにしてきた。
　人びとは、皆がよしとすれば、芸術の女神たちの愛顧を得ようとする。
徳さえも、流行ならば、愛されるのだから。
貴殿は人びとのために敢て流行に関わる。
今はアウグストゥスの時代ではないけれど、紛れもなく貴殿はマイケーナス[23]。
　そのとき、若干の功績は芸術の女神たちのもの。
しかし、おお、彼女らの微笑にあずかる者はなんとわずかであることか。
友人たちは大いにお世辞を言い、われわれにはさらにお世辞を言うかも知れないが、
ドディントンよ、貴殿の書棚に配架されるに値するものを書く作家はほとんどいない。
シリアの微笑によって洗練されたものになる唄、
ブース[24]が演じて神々しいと評価された芝居、
悪意から生まれた粗野な諷刺、
年金欲しさに歌う称賛詩、
ゆるやかに流れ、音と意味において
ヘンデルの歌と競い合うような甘い詩行、
こうしたものに対してドディントンは

詩人という高貴な名称や栄誉の月桂冠を遺贈することはない。
　去れ、三文文士よ。名声を求めて歌の道に踏み入るな、
詩人の名をかたって、その名を汚すのはやめよ。
それにしても、なんと不当にも、われわれは芸術の女神たちを軽んじていることか、
霊感を与えてもらえなかったのを理由にして。なにしろ、書き手は千人もいるのだ。
だれが兵士や判事を叱責するだろうか、
某――が白テンを着ており、某――は花形帽章をつけているからといって[原注1]。
　偉大さを気取る偽者は、
閣下、疲れ切った詩神と貴殿をうんざりさせることでありましょう。
　宮廷を跳び回る下等な洒落者は、
ご婦人方の慰み者、下僕のからかい相手。
その頭は、袋やお下げ髪で飾られて[25]、
鬘をのせるのにうってつけ[原注2]。
その身は仕立屋の看板そのもので、
洋服がいかにうまく仕立てられているかをあちこちに広く見せつける。
このちっぽけで、空っぽで、愚かで、くだらない玩具は、
時に野心から一種の喜びを感じるらしく、
威張ったり、さらには、賢そうに見えることさえ目指すのだ。

そして歩行の功徳を、椅子に座ったまま軽蔑したりもする。（二三〇）
ならば、だれが不思議に思うだろうか。もし、このようなモノまでが偉大さを狙うのならば、
狙いをはずす人はいないことを。
下等な仕事や無益な職業は栄えることはなく、
それを職とする者に偉大さをもたらしはしない。（二三五）
どのような卑しい資質が、どのような悪が、
その下劣な資質の持ち主を恥じさせて、その強力な要求をやめさせることができるか。
自分自身の長所の方を少しでも重くするために、
われわれは天秤のもう片方の皿に美徳を載せたりはしない。
隣人の天秤と自分の天秤を比べて、
自分より軽い相手が見つかれば、おのおのが皆偉大になる。（二四〇）
広範な領域で、その威厳を発揮する者もいるが、
しかし、人は皆、自らが偉大になれる一隅を見つける。
最下級の法律家、教区牧師、宮廷人、あるいは地方地主でも、
ある所では偉大であり、己を賛美してくれる者を見つける。
ならば真の偉大さはどこに住むというのか。（二四五）
王の宮殿か、それとも、隠者の庵か。
それは大臣の偽りの威厳を認めるのか、

あるいは血塗られた勝利者の花冠にかしずくのか。
それは詩人の歌を調子よく囀り歌うのか、
あるいはもっと重々しく衆民に法を宣言するのか。
　真の偉大さは、いかなる職業、党派、場所に限られることなく、
高潔な精神の持ち主の内にのみ住み、
さまざまな状況下で常に彼に付き従い、
敵には獰猛で、友には忠実である。
真の偉大さは、彼の内にあり、人の世のあらゆる領域において輝く。
それは、聖職者たちにあっては、ホードリー[26]のような人を燃え立たせ、
はたまた、戦場や議会においては、アーガイルのような人を奮い立たせ、
戦争と平和のあらゆる術策においては、至上のものである。
学識でもって飾られた偉大さはカートレット[27]の内に、
正義と寛恕によるものはリー[28]の内に見よ。
チェスターフィールド[29]にあっては、偉大さは円熟の極致に達し、
リトルトン[30]にあっては、満開の花盛り以上であるのを見よ。
　ここに一人の男子がいる。彼は、生まれつき、人を楽しませ、
品位をもって思考し、苦もなく言葉で言い表す。
原則においては揺がず、議会においては頑強で、

変節することはないが、しかし、いつまでも頑ななわけではない。
その魂はきわめて多種の才能に恵まれ、
彼が今なすことは、まさにそれが全くもって彼にふさわしいように見える。
内閣が彼の力を求めるときも、
または、賑やかな場所が彼の空虚な時を慰めるときも、
あるいは、重大な務めから精神が解放されて、
才知でもって、芸術の女神たちや友人たちを魅了するときも。　（二七〇）
彼の友人たちよ、彼の愛顧を得るのに、
肩書、取り持ち、追従、レース飾りが幅を利かすことはない。
その恵まれた運よりさらに上回る幸運が、
その財産の大半に、そして、すべてに対する趣味の大半に加わる。　（二七五）
尊敬されるも、それは恐れからではなく、偏見によって左右されず、
流行に先導されず、出来心にだまされず、
虚心坦懐の心持ちにのみに従い、
ありのままに人を見て、判断し、評す。
彼の内に、（仮にそのような人がいるとするならば）偉大さを見ることができ、　（二八〇）
よもや、その人をドディントン自身が知らないはずはあるまい。

フィールディング自身による注

原注1　あてはまると思われる二つの名前を年代記から選び、この詩行に入れなさい。
原注2　これらの詩行は、（できれば）、ここで描こうとしている者たちの卑俗さを模倣しようとするものである。

訳　注

（1）ジョージ・バブ・ドディントン George Bubb Dodington（一六九一―一七六二）は、ホイッグの政治家。
（2）コーンウォールはイギリスの西南端に位置する州。錫の採掘で知られていた。
（3）五月一日にイギリス各地で行われる春祭りでは、五月柱《メイポール》と呼ばれる木の柱を広場の中心に立て、その周りで踊る。五月柱は豊穣を表す花輪で飾られる。
（4）ディオゲネス Diogenes（前四一二頃―前三二三頃）のこと。古代ギリシャの犬儒学派の哲学者。「樽のディオゲネス」の異名をとる。フィールディングの『ミセラニーズ』第一巻に、「アレクサンダー大王と犬儒学派ディオゲネスの対話」“A Dialogue between Alexander the Great and Diogenes the Cynic” と題する小話がある。
（5）マケドニア王フィリッポス二世の子であるアレクサンダー大王 Alexander the Great（前三五六―前三二三）をさす。
（6）メフメト二世 Mehmet II（一四三二―一四八一）は、ビザンツ帝国を滅ぼし領土を拡大したオスマン帝国第七代スルタン。

(7) メフメト二世は次のような墓碑銘を彫らせたと伝えられる。「私はロードス島と誇り高きイタリーを征服するつもりであった」(ピエール・ベイル Pierre Bayle [一六四七—一七〇六]『事典』*Historical and Critical Dictionary* [一七三七、英訳第二版] 第四巻五四頁の注)。『チャンピオン』*The Champion* 一七四〇年五月三日号の記事の中でフィールディングは、メフメト二世の墓碑銘として、別の文を挙げている。「彼 [メフメト二世] は八〇万人の死の誘因であった」。

(8) 初代マールバラ公、ジョン・チャーチル John Churchill, 1st Duke of Marlborough (一六五〇—一七二二)。スペイン継承戦争 (一七〇一—一七一四) では、イギリス軍総司令官として活躍。

(9) ガイウス・ユリウス・カエサル Gaius Julius Caesar (前一〇〇—前四四) は、ローマの最も偉大な将軍、政治家。

(10) マルクス・トゥッリウス・キケロ Marcus Tullius Cicero (前一〇六—前四三) は、ローマの政治家、文筆家、哲学者。

(11) ルキウス・アンナエウス・セネカ Lucius Annaeus Seneca (前四頃—後六五) は、ローマの政治家、哲学者、詩人。

(12) ジョン・ドライデン John Dryden (一六三一—一七〇〇) は、イギリスの詩人、文芸評論家、劇作家。

(13) フォリオ版とは元の全紙を二つ折りにして四頁分の折丁を構成したものをいい、四つ折りにして八頁分の折丁を構成するものをクォート版という。フォリオ版はおよそA三版、クォート版はA四版程度の大きさ。ここでは豪華本の意。

(14) プブリウス・ウェルギリウス・マロ Publius Vergilius Maro (前七〇—前一九) は、ローマの詩人。

(15) 宰相ロバート・ウォルポール Robert Walpole (一六七六—一七四五) のこと。ホイッグの政治家。現在の首相職にあたる第一大蔵卿を、一七一五—一七、一七二一—四二の長きにわたり務めた。B卿とは、彼のあだな、ボブ卿 (Sir Bob)、ブラス卿 (Sir Brass) の頭文字をとったもの。

（16）サー・ジョン・バーナード Sir John Barnard（一六八五―一七六四）とジョージ・ヒースコート George Heathcote（一七〇〇―一七六八）。共に成功したロンドンのシティの商人で、かつウォルポールの政策に批判的であった。両者ともロンドン市長、庶民院議員を務めた。特にバーナードはシティ商人のスポークスマン的な議員として信頼されていた。原文は、B—nard、H—cote と伏せ字。
一七四一年にこの詩が単独で出版されたときには、H—cote は、G—schal になっていた。サー・ロバート・ゴドシャル Sir Robert Godschall（一六九二頃―一七四二）をさす。ゴドシャルも、反ウォルポール派のシティの商人。一七四二年六月、ロンドン市長在職中に亡くなり、ジョージ・ヒースコートが市長職を引き継いだ。
（17）ギリシャ神話の中の、半人半獣の好色な森の神。
（18）ロンドンのシティを東西に走る大通り。商業の中心地。
（19）第二代アーガイル公、ジョン・キャンベル John Campbell, 2nd Duke of Argyle（一六八〇―一七四三）は、軍人として功績をあげたのち、反ウォルポール派の代表的な貴族院議員として活躍した。
（20）ウォルポール政権による出版物対策、および、一七三七年に公布された劇検閲令をさしている。
（21）原文は、W—'s と伏せ字。
（22）エドワード・ヤング Edward Young（一六八三―一七六五）は、ドディントンの援助を受けた詩人の一人。
（23）ガイウス・キルニウス・マイケーナス Gaius Cilnius Maecenas（前七〇―前八）は、初代ローマ皇帝アウグストゥス、ガイウス・ユリウス・カエサル・オクタウィアヌス Augustus, Gaius Julius Caesar Octavianus（前六三―後一四）の友人にして政治的助言者。また、文人、芸術家の庇護者として知られ、その名は「メセナ」の語源である。アウグストゥス治政下におけるホラティウスやウェルギリウスの支援者でもある。一方ここで、フィールディングは当時のイギリスを文芸退潮期と見ている。
（24）バートン・ブース Barton Booth（一六八一―一七三三）は、悲劇を得意とした人気俳優。

（25）袋鬘（bag wig）という一八世紀ヨーロッパで流行した鬘。
（26）ベンジャミン・ホードリー Benjamin Hoadly（一六七六―一七六一）は、英国国教会の主教。フィールディングは個人的に彼を知っており、彼の低教会派の寛容な宗教観を常に評価している。『ジョウゼフ・アンドルーズ』*Joseph Andrews*（一七四二）第一巻一七章、『トム・ジョウンズ』*Tom Jones*（一七四九）第二巻七章参照。
（27）ジョン・カートレット Lord John Carteret（一六九〇―一七六三）。一七三〇年代には反ウォルポール派の代表的貴族院議員として論陣を張る。ウォルポール退陣後の新政権では国務大臣に復帰し、一七四四年、グランヴィル伯 Earl Granville に叙せられる。フィールディングはこの詩では彼の学識を評価しているが、一七四一年一二月に発表した『反対派―或る夢想―』(*The Opposition: A Vision*) では、彼の政治姿勢を日和見として揶揄している。
（28）サー・ウィリアム・リー Sir William Lee（一六八八―一七五四）は、王座裁判所首席裁判官。
（29）第四代チェスターフィールド伯、フィリップ・ドーマー・スタンホープ Philip Dormer Stanhope, 4th Earl of Chesterfield（一六九四―一七七三）は、反ウォルポール派の代表的貴族院議員。才人としても知られる。
（30）ジョージ・リトルトン George Lyttelton（一七〇九―一七七三）は、反ウォルポール派の代表的庶民院議員。フィールディングのイートン校時代からの友人。一七五六年、男爵に叙せられ、貴族院議員となる。

善良さについて
リッチモンド公爵に捧げる[1]

善良さとは何なのか。寛大なるリッチモンド殿、御教示ください。
善良さを感じることができる人こそ、それについて最もよく言明できるはず。
善良さとは、胸中の愚かな弱さなのだろうか、
善良さを知らない人たちや、それを有していない人たちが論争しているように。
あるいは、むしろ、強力にして完全な
有徳な魂の構成全体ではないのだろうか。（五）
それは、徳そのものではなかろうか。すぐれて繊細な一輪の花、
それは、ほとんど天上のような土壌にしか育つことはない。
徳の中には、ちょうど幾種かの植物のように、あまりよく茂らないものもあるし、
ある自然状態では、悪徳を備えて花開くものもある。（一〇）
悪党が勇敢であるかも知れないし、悪人が友になるかも知れず、
そして、愛は堕落した精神の持ち主の中で、その目的を達成することがあるかも知れない。
善良さとは、最も繊細な種子のようなものであり、

あるいは、自ずと絶えてしまうか、そうでなければ、雑草を根絶やしにする。
　けれども、徳がそれ自体においていかに混じりけがなく純粋であるにしても、
誤謬から安全でない徳はない。（一五）
われわれはよく、友情または好意から生まれる行為を、
善良さと名づける。
自尊心が友を最も高潔な努力に向かわせるかも知れないし、
救済は情欲ゆえに優しいものになるかも知れない。
最も卑しい感情でさえ、このように最善なものに見えるかも知れないし、
人も、おどおどしていると、善良に見えることがあるかも知れない。（二〇）
　ならば、この名称をどう理解したらよいのだろうか。
善をなすという栄えある欲望でなければ、一体何なのだろうか。
人を喜ばせることを幸せと思う心は、
他人の苦痛を感じることができるし、他人の安楽を共に味わうこともできる。（二五）
他人の喜びに輝くことができる類は、
他人の悲しみに青ざめ、そして苦しむ。
人生の相反する両極を正しく判断する人は、
侮蔑と羨望から自由である。
人皆それぞれを真に幸せにするために、（三〇）

己のできる限りのことをし、他人の幸せを祈る人とは、一体どんな人であろうか。
　己の望みを叶える力を持つ人はほとんどいないけれど、
しかし、だれでも善をなすことはできる。少なくとも気持ちの上ではできる。
貴殿やマールバラ公爵夫人[2]のように、
貧困から、監獄から、はたまた墓から人を救うことのできる人はほとんどいないけれど、
天は人それぞれに与え給う、
祈りによって、そして言葉によって祝福する力を。
　貴殿のように豊かな感情に恵まれた人は幸いである。
このような人が悪に染まるには、本性を抑えねばならない。
このような人を寵愛した運命の女神は、もはや盲目ではなかった。
そしてその人の富は全人類の財産となる。
おお、汝は家柄よりも徳においてより高貴であるのだから、
汝の最高位の敬称に、「有徳」を冠することにしよう。
　人生の頂き高くに昇られた貴殿は、
下方の谷一面を真っ黒に染める厄難をほとんど知るよしもない。
そこでは勤勉は糧のために刻苦するも空しく、
徳はただただ困窮に侮蔑を結び合わせる。
人は、富にどっぷりつかっていると、

孤児の嘆きを耳にしても、寡婦の涙を目にしても、心を動かされることはない。
また、執念深い強欲は、債務者の祈りを無視し、
パンにも事欠く惨めな人びとの空気すらも剥奪する。
　汝のような心を持つ人には驚異に見えないだろうか。
神は、他の動物に対しては恵み深いのに、
何の備えも用意することなく人間を創造し、
この世に送り出したとして、人間が己の運命を呪うことになろうとは。
大地が無から生じ、動物がその生を得たのは
この存在のための用であったのか。
これが、その大胆な想像力が畏れも知らず
天と会話し、星々のかなたに舞い上がると謂うあの人間なのか。
惨めなる地を這う存在よ。天使のかたちをしていながら見放されていて、
自然が虫けらに与えたものさえも欠いている。[3]
　情け深いわが創造主が、ご自身の姿かたちから人をお造り給うたときは、
別の計画を持っておられた。
　自然の恵みは滔々と流れ、
人は人に負っているもの以外の災いを知らない。[4]
豊かな大地は貯蔵庫を満たし、

富者を飽かせ、貧者を満足させる。
前者が退蔵することがなければ、後者は事欠くことはないだろう。
イロスにとっては十分なものが、ダイヴズの食卓から落ちてくる。[5]
　そして、同じ自然から生まれた息子である汝は
己の取り分を兄弟に与えるのを控えるだろうか。
青白き偶像たる虚栄心には
ぴかぴかの皿と空の金杯を捧げるがよい、
さもなくば、洞窟に貴金属を隠し、
そして、大地の腹の中に
われらの用にと以前自然が与えてくれたものを戻してはどうか。[6]
見よ、そして手本とするがよい、
馬が自分本位に草地を独り占めしようとはしない様を。
モーモーと鳴く牛の群れや、メーメーと鳴く羊の群れが、
一緒になって谷間や岩肌の草を食んでいる様を見るがよい。
自然の全般的善の中の自分の分け前をそれぞれ味わっており、
他の生き物に食べ物などやってなるものかと躍起になることはない。[7]
しかし、ああ人間よ、
ある獣が（多分そこにいる中で最も卑しいものが）

自分が食べる分には最も甘い牧草を選び、
他の獣たちには最も酸っぱい牧草でさえ譲らないのは、奇妙に見えないだろうか。
汝は蔑むような怪訝な目で見ないだろうか、
貧相な飢え死にしそうな牛たちが満足そうに寄り添っているのを。
皆、一匹の獣に対して奴隷のように敬意を示し、
誇らしくも、従うことを名誉と考えているのだ。　（九〇）
　一握りの人の中にある善良さが、
怒り、情欲、強欲を抑えることができるのを、一体誰が不思議に思うだろうか。
そのとき、われわれの舌は、名声という安価な贈り物を与えないで、
己の名声を危険にさらし、虚言の毒を盛る。
　人間には、虎の棲む洞穴やライオンの棲み処にはない、　（九五）
下劣な悪意が棲んでいるのだろうか。
他人が幸せであったり、善良であったり、もしくは偉大であるのを目にすることを
われわれの恐怖心は恐がり、われわれの嫉妬心は嫌うものなのか。
あるいは、名声という贈り物は金銭のように見えるものなのか。
敬意を人に与えるときはいつも、それを失うと思うものなのか。(8)　（一〇〇）
　ああ、偉大なる人間性よ、その恵み深い光は、
太陽の光のように、正しい者の上にもそうでない者の上にも輝く。(9)

そして望遠鏡を常に好意的に回転し、
善を拡大し、悪を縮小する。
その目は、小さな美点を褒める一方で、
より良いものに対してではなく、より劣っているものに注意を払う。（一〇五）
宮廷において、容姿端麗の美女を渉猟するとき、
各部屋をめぐってシャフツベリ夫人(10)の姿を探すというわけでもないし、
クラリンダの百合のような色白さがわかったときは、
リッチモンド夫人(11)の胸の白雪の肌を探し求めるわけでもない。（一一〇）
私が人の良識と善良さについて言及するとき、
汝はなぜマウントフォード(12)の名声と比較してそれを矮小化するのか。
自然が気前よく与えてくれたもので満足して、感服するがよい。
それぞれに欠けているものを求めてはいけない。（一一五）
多くが正しいところでは、多少の欠点を許すがよい。
すべての貴族に、チェスターフィールド(13)を期待してはならないのだ。

訳　注

（1）第二代リッチモンド公爵、チャールズ・レノックス Charles Lennox, 2nd Duke of Richmond（一七〇一

―一七五〇）は、一七三五年以来、国王ジョージ二世の枢密院メンバーで、ウォルポール政権支持者であった。父親である初代リッチモンド公爵（一六七二―一七二三）はチャールズ二世の庶子。

（2）サラ、マールバラ公爵夫人 Sarah, Duchess of Marlborough（一六六〇―一七四四）は、もとはアン女王付の女官で当時の政界を翻弄した女性。夫のジョン・チャーチル、初代マールバラ公爵（一六五〇―一七二二）は、ブレナムの戦い（一七〇四）でフランス軍を破ったイギリス軍総司令官として有名。一族の富と権力はブレナム・パレスと呼ばれる壮大なカントリー・ハウスに見て取ることができる。フィールディングには、『マールバラ公爵未亡人を擁護して』*A Full Vindication of the Duchess Dowager of Marlborough*（一七四二）という作品がある。

（3）フィールディングはここで、本来、人間は天を仰ぐ存在であるのに、地を這う虫けら同然の存在に堕しているとしている。

この背景には「存在の大いなる連鎖」(the great chain of being) の思想がある。宇宙における各存在は頂点となる神から天使、人間を経由して獣、鳥、魚、虫から最下層の鉱物まで垂直に続く、一条の鎖の中に位置しているとされる。アレクサンダー・ポープ Alexander Pope（一六八八―一七四四）の詩『人間論』*An Essay on Man*（一七三三―一七三四）はこの理念を歌っている。特に『人間論』第一書簡、二三三―二四六行（原文の行数）に以下のようにある。

見るがよい、この空、この海、この大地を埋めて、
あらゆるものが生々躍動し、誕生してゐる。
上には生命がなんと高くまで進出し、
周圍はなんと廣く、下はなんと深く延びてゐることか。
存在の巨大な鎖！それは神に始まり、
天のもの、地のもの、天使、人間、

けだもの、鳥、魚、蟲、
眼に見えぬもの、望遠鏡のとどかぬもの、
無限から汝へ、汝から無へ――
上なる力に我らがつづくとすれば、
下なる力は我らにつづいてゐる。
さもないと、完全な創造に間隙ができて、
階段の一つが折れても、大階段の全體が崩れるのだ。
自然の鎖のどの環を破壊しても、――十番目でも、一萬番目でも――
鎖は同じやうに壊れるのだ。（上田勤訳『人間論』三〇―三一頁、岩波文庫、一九九〇）。

（4）「また、大いに有益なものをわれわれが獲得するのも人間同士の協調と合意によってであるが、どんなに呪わしい災いでも人間が人間に対して引き起こせないような災いはない」マルクス・トゥッリウス・キケロ Marcus Tullius Cicero（前一〇六―前四三）『義務について』*De Officiis*（前四四）第二巻五章（『キケロ選集』第九巻、岩波書店、一九九九）、二三〇頁。

（5）イロスはホメロス Homēros（生没年未詳）『オデュッセイア』*Odysseia* 第一八歌に出てくるイタケの乞食。オデュッセウスに喧嘩を売るが負けてしまう。ダイヴズは「ルカによる福音書」第十六章一九―三一節の「金持ちとラザロ」の金持ちをさす。

（6）「ある者は財宝を隠し、埋めた黄金の上に横たわって眠る」プブリウス・ウェルギリウス・マロ Publius Vergilius Maro（前七〇―前一九）『農耕詩』*Georgica*（前三〇）第二巻五〇七行、河津千代訳『牧歌・農耕詩』（未来社、一九八一）、二七〇頁。

（7）黄金時代のこと。「ユピテル以前の時代には、いかなる農夫も、畑を耕したりはしなかった。／原野に境界を定めて標識を立てたり、区分したりすることさえも、／禁じられていた。人々は得たものを共同の置場に貯えた。／大地もまた誰が求めずとも、あらゆるものを気前よく与えた」ウェルギリウス

『農耕詩』第一巻一二五―一二八行（河津訳同書　一八八頁）。
（8）自らが創刊した野党系新聞『チャンピオン』*The Champion* 一七三九年一一月二七日号において、フィールディングは「未だ公にしていない詩の一節から」として、以下の四行を掲載している。「虎の棲む洞穴にも、ライオンの棲み処にも／われわれのような悪意は棲まない。なんとなれば、利己的な人間は、／名声の贈り物を金銭のそれのように考えて、／敬意を与えるときはいつでも、それを失うと思うのである。」
（9）「父は悪人にも善人にも太陽を昇らせ、正しい者にも正しくない者にも雨を降らせてくださるからである」「マタイによる福音書」第五章四五節。
（10）スザンナ・ノエル・クーパー、第四代シャフツベリ伯爵夫人 Susanna Noel Cooper, Countess of Shaftesbury（?―一七五八）。
（11）サラ・レノックス、第二代リッチモンド公爵夫人 Sara Lennox, Duchess of Richmond（?―一七五一）。
（12）ヘンリー・ブロムリー Henry Bromley（一七〇五―一七五五）、ホイッグの政治家。フィールディングと同時期にイートン校に入学している。一七四一年五月、モントフォート男爵 1st Baron Montfort に叙せられた。この詩では、マウントフォード Mountford となっている。
（13）第四代チェスターフィールド伯、フィリップ・ドーマー・スタンホープ Philip Dormer Stanhope, 4th Earl of Chesterfield（一六九四―一七七三）。反ウォルポール派の代表的政治家。フィールディングの後援者の一人。本文では、Ch—d と伏字。「真の偉大さについて」二六一行において、偉大な人物として称賛されている。

自由

ジョージ・リトルトン[1]殿に寄せて

　詩の女神はこの供物をリトルトンに捧げる。
自由について歌う者は、リトルトンを称えねばならない。
汝、恩のあるブリトン人よ、感謝してこの方を崇めよ。
ここに祭壇を作り、香を供えるがよい。
汝らが称賛と祝福を受けているのも、この方のおかげであることを、
恩を知る息子たちはその父たち以上に得心することになろう。
ああ、リトルトンは汝の国の善と栄光のために生まれたのだ。
自然と運命は競って彼を引き立て合う。
勇敢ではあるが、兵士ではなく、爵位はないが[2]、偉大である。
権力はないが、恐れられており、羨望されているが、高位にあるわけではない。
受け入れ給え、詩の女神を。女神は、真理が霊感を与えてやれば歌いだし、
弱々しくではあるが、真実の羽に乗って舞い上がる。
　見よ、輝く女神「自由《リバティ》」がやって来る。

詩の女神は、自由の名を聞いて身を起こし、歌に命を吹き込む。
汝、自由の名は、ラケダイモン[3]が認め、
ローマが称え、そしてブルータス[4]自身も愛した。
　さあ、輝く乙女よ、こちらに来て、わがほてる胸に霊感を与えておくれ。
わが詩歌を吸い込んで、汝の炎を燃え立たせよ。
　見よ、木立を、森を、広野を、と彼女は叫ぶ。
そこは自然が主宰する所。そして見よ、いかに自由が統治しているかを。
動物たちは一緒になって群がり山をさすらうが、
この獣たちは草を食むのに他の動物の許可を請うことはない。
それぞれ自由にその食欲を満たし、
駿馬はいななくことをひるまず、羊の群れも鳴くのをためらうことはない。
　これらの生き物に自由《フリーダム》を与えた神が、
ご自身の姿に似せて人をお造りなったのは、奴隷とするためであろうか。
　しかし、人は契約の法[5]に服しているように見え、
しかるに、野原を支配するは自然のみである。
自由を抑圧し、少数のために多数を不幸にする、
すべての法を呪うがよい。
　恥に耳を貸さず、理性に盲いていても、

人には人類の虚偽の一切を糾弾する勇気がある。
公衆は、自由であったとき、
己に有害な法を欲しがる侏儒であったことはない。
厚かましい権力は、まるで公の声であるかのように装い、
我らの運命と定めておいて、それを我らの選択だったとふれこむ。
　権力とはもともと誰のものだったのか。
最初は強者によって強奪されたのではなかったのか。
権力はかくのごとくして始まり、その行き着く先は不正ということになる。
強者たちは、力より他の主張に権威を与えるのを蔑み、
力量の中に正義を樹立したのだ。
　ようやくのことに、二番目に身分の高い人たちが立ち上がった[6]。
弱者の友であり、圧制の敵であった。
温かい人間愛で、その胸は燃えていて、
自身の偉力は自然に負っているのだと感じていた。
そしてちょうど、高貴な家柄に生まれた長男が、
父親の豊かな地所を譲り受け、
他の者たちに対して親切な保護者となり、
弟たちの貧窮を平気で見ていられないように、

これらの人びとは自然から賜った力でもって、
自分より弱い人びとの後見人となった。
そして圧制者に対しては、その強情な膝を折るよう迫り、
堅牢な鎖を断ち、人びとを解放した。
彼らは、みじめな奴隷を支配するのは恥ずべきことと軽蔑したが、
しかし、解放されて感謝している自由の民には服従を教えた。
そして、このようにして彼らは自由を与えることによって、
最初の支配者が自由を破壊することで期待したものを、享受した。
　弱き者らは、保護を求めてそうした人のところへ逃げて行った。
こうして支配権と法が契約により育って行った。
彼らは、解放者の大義を熱心に奉じながら、
解放者のために武器を取り、解放者の法に耳を傾ける。
かくして、優勢な権力、優勢な力は、最高位の名誉の地位にあって疲弊し、
それは、ちょうど骨折り仕事と心配事に精力をすり減らした最初の頃と同じである。
人民は、自らの自由を保つために解放者に権力を与え、
そして、権力を手中にした者は、ただの奴隷になった。(7)
　しかし、運命の女神は最も賢明な人間の企てに対して、
濁流が最も清らかな流れにもたらすような運命を用意する。

すなわち、清流は澄んだ泉から湧き出てもすぐに汚れた流れになり、
善に始まるものも、最後には悪に終る。
　というのも、今や野蛮な軍勢は征服され、殺戮され、
新しい手法によって王たちは、新しい称号を得るのである。
聖職者や法律家に対してもすぐにこの手法が適用され、
後者は人びとを、前者は神々を、それぞれだましたのである。
神々は知らないうちに継承者を任命することになり、
寡黙な群衆は、継承者の権利は神授であると宣言されるのを黙して聞く。
ここに人類がこれまで知った悪のすべてが由来する。
聖職者の黒い秘儀、暴君の王位。
貴族、大臣、あれこれの悲しき者たち、
そしてさらに、王の怪しげなる神権。
天に輝く恩寵たる自由の女神よ、ようこそ。
名高いビーナスのように美しく、パラス(8)のように賢い。
汝のおかげで、市民は戦の非常召集に果敢に応じるが、
彼らは兵士になるよう育てられたのでもなく、甲冑代が支給されているのでもない。
月桂樹の冠が勝者の頭を飾ったのは、汝のおかげ。
彼らは、それ以前は、農耕に従事して国に尽くしていた。

汝のおかげで、（人は皆こぞって汝を称賛すべくやって来るはずだが）
さしもの誇り高き元老院議員たちも、戦場で武勲を求めるのを蔑ろにすることはなかった。[9]
　健康や富よりもはるかに貴き汝よ、
平和の穏やかな息吹、戦いの魂たる汝よ。
汝は、荒野には甘美な作物を産むことを教え、
カンパーニャ[10]地方の美しく肥沃な耕地には恥じることを教えた。
そして農民には栄光を示し、
不毛の砂からは富を引出し、北方からは英雄[11]たちを招来した。
　南国の大空も汝がいなければ、
涼しい風が吹いても、甘雨が降っても、何にもならない。
ヴァンダル[12]族もフン[13]族も、汝を持てばこそ、
厳寒を楽しみ、太陽が遠くにあるのを嘆くこともない。
　詩人たちがかつてユノにはサモス島を、
愛の女王にはキプロスの杜を与えたように、[14]
ブリタニアは汝のものであれ。常に親しみのある笑みを絶やすことなく、
この島に永遠にとどまってくれ。
汝の聖なる名を今やローマ人は崇拝せず、
またギリシャも、汝の栄えある呼びかけに、もはや応じることはない。

ならば、汝の火を汝のものであるブリタニアに移し、
汝の美徳と力のすべてをブリタニアに授けよ。（一〇五）
ブリタニアの年代記を注意深く紐解き、
その子孫たちが今までいかに汝のことを愛してきたかをわかって欲しい。
虐げられたイベリアが卑劣な刀剣を抜き、
奴隷のように卑屈なゴール人が汝の大義に反旗を翻す一方で、
ブリテンの若者は汝の命令に急ぎ駆けつけ、
汝の旗を敵地にしっかりと立てる。(15)（一一〇）
彼らは高貴なる侮蔑をもって兵士満つる戦場を眺め、
比べようもないほど多勢の敵を降服させる。
そのように、狼が羊の群を見渡し、ライオンが家畜の群を見渡すとき、
より多くの敵ではなく、より肥えた餌食を狙う。（一一五）
彼らが抵抗したように、われわれに抵抗の仕方を教えておくれ。
我らの父の血によって得たものを失うことのないように。
ブレナムの平原(16)でわが同胞の血汐の流れと死体の山を目撃した
あの太陽を、決して赤面させることのないように。
あるいは、アザンクールやクレシーの輝かしい平原でフランスが屈服するのを目撃した
昔日のあの太陽を、決して赤面させることのないように。（一二〇）

チャーチル、ヘンリー、エドワードたちが自由を授けたその場所(17)で、
イギリス人が奴隷になって、あの太陽を赤面させることのないように。
　勤勉は蜜蜂から教えられるように、
抑圧は蜂の巣箱から例証されるかも知れない。　（一二五）
小さな生き物たちが懸命に飛び回る様を見よ。
そしてまた、それぞれの花から苦労して集めた甘い汁を運ぶ様を見よ。
それは冬でも暖く、安楽に暮らし、
おのおのが巣穴の富を享受するためである。
人間の力づくの取立が、
これらの小さな虫たちから彼らの配慮と苦労の産物を奪い取る様(18)を見よ。　（一三〇）
水泡に帰した彼らの全仕事に対する唯一の報いは死である。
注意をしても空しく、将来に備えても徒労に終る。
　しかし、汝、偉大な自由よ、ブリテンの自由を守って欲しい。
われわれが蜜蜂を利用するがごとく、われわれが人から利用されるようなことがありませんよう
に。
下劣な雄蜂(19)がわれわれの蜜を食して成長し、
巣箱の中でその造り主を窒息させるようなことがありませんように。　（一三五）

訳　注

（1）この詩が捧げられているジョージ・リトルトン George Lyttelton（一七〇九―一七七三）は、ホイッグの政治家、芸術保護者。反ウォルポール派の一人。リトルトンとフィールディングの交友関係はイートン校時代にさかのぼる。のちにフィールディングはリトルトンの後援を受け、小説『トム・ジョウンズ』*Tom Jones*（一七四九）の献辞をリトルトンに捧げた。

（2）リトルトンが男爵に叙されたのはこの詩の出版後のことで、一七五六年になってからである。

（3）古代スパルタのこと。自由の問題を論じる際には、優れた政体を持つ国家の代表例として、スパルタと共和政のローマを取り上げる伝統があった。

（4）マルクス・ユニウス・ブルータス Marcus Junius Brutus（前八五―前四二）は、ローマの政治家。ガイウス・ユリウス・カエサル Gaius Jurius Caesar（前一〇〇―前四四）が終身独裁官に就任したことに対して、ブルータスら元老院議員たちが、共和政を守ろうとしてカエサルを暗殺したとする解釈にならって、フィールディングは、ブルータスをローマの英雄として称えている。

（5）この「契約の法」の原文は "Laws of Compact" である。これは、自然状態から政治的社会への移行に際しての、人びとの間の合意をさす。

（6）これは、人びとの保護者としての統治者を意味している。強力な権力を行使する専制君主、圧制者と対照的に描かれている。

（7）人びとのために骨惜しみせず働く王、族長を、臣民のための奴隷と表現している。『トム・ジョウンズ』第一二巻一二章において、ジプシーの族長が為政者としての心労を同様に語っている。

（8）ギリシャ神話の中の女神アテナの呼称。アテナは、ゼウスの娘で、知恵、工芸、戦いをつかさどる女神。
（9）ローマ市民は自前の武装で兵役を果たした。元老院議員も自ら兵を率いて戦場に赴いた。元老院議員ルーキウス・クィンクティウス・キンキンナートゥス Lucius Quinctius Cincinnatus の有名な逸話は、貴族の徳の理想を表している。彼は普段は田舎で農耕生活を送っていたが、独裁官（執政官から任命され、国家の非常時の指揮をとる）に任命されると、すぐに戦場に赴き敵を退けた。彼は任務が終ると独裁官をやめ、農耕生活に戻った。
（10）温暖な気候に恵まれたイタリア南西部の州。中心都市はナポリ。
（11）三九五年のローマ帝国の東西分裂後、弱体化した西ローマ帝国内に、北方からゴート、ヴァンダル、フランクなどのゲルマン諸部族が侵攻し部族国家を建設したことをさす。この詩で示されているのは、ローマ人からゲルマン民族に自由が移動したという歴史観である。
（12）ヴァンダル族は東ゲルマンの一部族で、五世紀初め移動を始め、アフリカ北岸にヴァンダル王国を建国した。
（13）フン族は中央アジアの遊牧民で、四世紀に移動して南ロシアにいた東ゴート族を征服し、さらに西ゴート族を圧迫したことが、ゲルマン民族大移動の原因となった。
（14）サモス島はギリシャの小島。ローマ神話におけるユノは、ギリシャ神話における最高位の女神ヘーラーにあたる。ギリシャの地理学者パウサニアス Pausanias の『ギリシャ案内記』*Descriptio Graeciae* 第七巻四章四節によれば、サモス島の人々はヘーラーがこの島で生まれたと言い伝えてきたという。一方、ヘシオドス Hesiod の『神統記』*Theogony* 経由の伝説では、キプロス島はギリシャ神話の愛の女神アフロディーティー（ローマ神話ではビーナス）が上陸した島とされる。
（15）スペイン継承戦争（一七〇一—一七一四）についての言及である。一七〇〇年に死亡したスペイン王カルロス二世は、スペインの領土と王位をルイ一四世の孫アンジュー公フィリップに譲る旨の遺言を残す。ヨーロッパにおけるフランスの勢力拡大を恐れた英国は、一七〇一年、オランダ、および神聖ローマ帝国と同盟を結び、翌一七〇二年フランスに宣戦した。イギリスはこの戦いによってヨーロッパでの外交上の勢力を拡大した。「ゴール人」とはフランス人をさす。

(16) スペイン継承戦争におけるブレナムの戦いをさす。一七〇四年イギリスを中心とする同盟軍が、ドナウ河畔のブレナムにおいてフランス軍を破った。

(17) アザンクールの戦い（一四一五）はヘンリー五世治下、クレシーの戦い（一三四六）はエドワード三世治下の英仏間の戦いで、共にイギリスが勝利した。共に百年戦争（一三三七―一四五三）に含められている。チャーチルは、初代マールバラ公ジョン・チャーチル John Churchill, 1st Duke of Marlborough（一六五〇―一七二二）をさす。スペイン継承戦争の軍総司令官で、ブレナムの戦いの指揮をとった。

(18)「力づくの取立」の原文は "excising Pow'r" である。この言葉は、一七三三年、ウォルポール内閣が提出した「消費税法案」（Excise Bill）を連想させる。この法案は議会の賛成が得られず撤回された。

(19) 雄蜂は奢侈、寄生の比喩として、蜂の巣は人間社会の比喩として用いられている。蜂の巣には一匹の女王蜂と多数の働き蜂と少数の雄蜂が棲む。蜜を作る仕事など、生活を支える仕事はすべて働き蜂が専従する。一方、雄蜂は働かず、働き蜂の作った蜜をもらって生きている。雄蜂は成長すると女王蜂を求めて巣から出て、交尾の後、死んでしまう。

友へ

妻を選ぶにあたって

難しいことだ（長い間の経験が賢明な人たちにそう教えている）
助言を受ける人を怒らせないようにするのは。
求められたこととはいえ、忠告はしばしば相手を不快にしてしまうかも知れない。
それが友の持論を侮ることになる場合は特にそうだ。
人はしばしば他人の判断を知りたがるが、
それは自分自身の判断を破棄するためでなく、確認するためなのだ。（五）
彼らは、不安なそぶりを装いながら助言を請うが、
それはすでに実行したことか、あるいは実行すると決めていることにかんしてなのだ。
本人がいいと思っている計画に、たまたま異を唱えようものなら、
以後、敵視されてしまう。（一〇）
もし人が、求めた助言を受け入れることができるなら、
そのほとんどは、その人にとってためになる忠告になるだろう。
人生街道の踏みしだかれた道で、

人は、過失というよりは、しばしば熱情がもとで道に迷うのであり、足りないのは、助言より堅固な心である。（一五）

　助言というのは、
愛の名のもとに与えられるものに匹敵するほどの危険を証明できない。
愛の炎の中で溶けてしまうまで、だれもここでは助言を求めたりしない。
われわれが、現在勝利をおさめている淑女に反対しようものなら、
あなたは、彼女の敵と自分の敵は同じと考えるだろう。（二〇）

　しかし、この仕事が難しくても、危険でも、
アレクシスが助言を求めれば、フィダスは応じなくてはならない。
そのときは、詩の女神の親切な忠告を採用するとよい。
もしあなたが選択したことを詩の女神が選ぶなら、それでよし。

　妻を選ぶという重要な選択にどう指示を与えるのかという問題は、
より神々しい声を聞くにしくはない。（二五）
他の目的においては仮に的をはずしても、
理性が矯正してくれて、正しい方へ向かわせてくれる。
しかし、この問題では、運命は取り返しがつかないまま進行し、
最初に致命的な間違いを犯せば、それが決定的になる。（三〇）
だから、性急すぎたり、やけっぱちだったりしたら、

取り返しのつかないことを大急ぎでしてしまうことになる。
結婚で味わう悲哀はどこから来るのだろうか、
あまりに無頓着で、あまりに盲目な選択からでないというのなら、一体、どこから。

（三五）

　結婚は、天が定めしものと理解されていて、
そして寛大な神は善きものだけを定めたとある。
われわれはその賜物を身の破滅に向けてしまい、
神がわれわれを暖めるためにとお考えになった炎に、身を焦がす。

（四〇）

不注意な若者が致命的な罠にかかるのはなぜか。
整った容姿、あるいは十分に磨かれた肌か。
より成熟した人の心に望みが生まれるのはなぜか。
財産、あるいは富豪や権力者とのつながりか。
求愛中の男が自分に向かって言うだろうか。
自分は、将来の日のための伴侶を選ぶと。

（四五）

顔や財力を見ただけで、その女の心を信用してしまう人たちがいる。
そして、結婚すると、生まれてくるのは貪欲か情欲の鬼子である。
　しかし、誠実な心根のあなたは、
伴侶であり、たおやかな友を選ぼうとしている。
それは優しい心を持つ人で、あなたの魂と共にある限り、

あなたの喜びを増し、あらゆる心配を少なくする。
あなたに優しくされてこの人は、
あの神にも似て密やかにあなたの胸に届ける、
相手を幸せにしているのを知る喜びを。（五〇）
あなたが選択するときは、他の処世訓が移動するに任せなさい。
卑しい情熱のために結婚する人もいるが、あなたは愛ゆえに結婚するのだから。（五五）
　美の隠微な毒には十分心せよ。
われわれの心は、罠を恐れていても、いつもそれに捕らわれる。
われわれの目は、あの輝きに眩み、盲目になり、
精神の不完全なところは全く目に入らない。
女性も、このことを心得ており、絶妙な技で、
巧妙に外見を飾る。（六〇）
しかし、美は、堕落し病んだ精神にとっては、
苦い丸薬を包む薄い金の箔。
はかない歓びを誓う偽りの約束、
時ならば、きっとこの偶像を壊すにちがいない、機会があれば、すぐに壊すかも知れない。（六五）
レダを見よ。かつては仲間うちの一番人気で、
町中の人びとが彼女を称えて乾杯したものだが、

子や年齢、そして病によって、今や朽ちてしまった。
あの勝ち誇っていた娘にどんな痕跡が残っているだろうか。
自然と技が生み出した美は、
目を喜ばせるために作られて、他には何の役にも立たない。
夫はといえば、手に入れると満足してしまったものか、
自分の所有物の機嫌を取るのも不精になる。 （七〇）
熱烈な競争相手がいても張り合わない。
しかし、ああ。どの競争相手も、彼女の鏡のようにはちやほやしてくれない。
そこでは、見目の魅力の数々はまだ千もあるのにと彼女は固く信じていて、
夫より千倍も、おのが姿に見惚れる。 （七五）
ほどなくして、彼女は夫の鈍感を軽蔑するようになり、
高価すぎる賞品なのに自分の方から投げ捨ててしまったのではないかと考えるようになる。
彼女を喜ばせるために、無駄だろうが、なけなしの技巧を試してみるがよい。
彼女を喜ばせたいというまさにその希望が、軽蔑心を突き動かす。 （八〇）
良識のある男や夫、そして友たる者は、
愚か者や伊達男と一緒になってへりくだり
おためごかしのさもしい称賛の言葉を弄することなどできはしない。
ちょうど、専制君主が征服した国々を持ち上げることなどほとんどないように。 （八五）

美女たちは、もともと、自分たちのとっておきの天国を捧げていると思っているから、
われわれがお返しをしても、すべからく感謝が足りないということになる。
だから、美人と評判の女性を避けるのは賢明なやり方である。
しかしまた、才女からも、伝染病と同じように、逃げるべし。
美女を本人の満足のいくまで褒めることが難しいなら、
才女を十分に褒めることは、さらに難しい。
ここにおいて、あなたは千人の競争相手と戦うことになり、
悪ふざけを認める者が最も成功する。
意地の悪さはあまりに頻繁に才知と一緒になるが、
それは人間の心の中の、あまりに堅固な結びつきではある。
しばしば、前者が後者として通用するかも知れないし、
われわれは、じゃじゃ馬を才女と取り違えるかも知れない。
この才女の炎が、サッフォー[1]の炎のように明るく輝くことは、なんとまれなことか。
無垢の楽しみを与えることはなんとまれであるか。
フラヴィアは才女だが、慎みを犠牲にする。
イーリスは笑いをとるために、良識を犠牲にする。
哀れなディーリアは頭を懸命に働かせるが、
その洒落はそれぞれ謎めいて不可解で、

どんな問題も大きな苦痛を伴わずには議論されない。
ライスはミュラほど決心は固くないが、どんなことがあっても、
長年の恋人たる罪と会おうとするだろう。
忘恩と恥の果てに、　　　　　　　　　　　　　　（一〇五）

笑いをとるか、あるいは才知の評判を得ようとする。
いかなる友情も、ミュラの一撃を免れはしない、
才女は、賭博師のごとく、友人と敵の両方を傷つけるものだから。
そして、これらの輝ける花々が出現するところはどこも、　　（一一〇）

土壌が良すぎて、より有用な植物は生えてこない。
家や身なりは才女の関心事ではない。
家庭の領域内で行動することを彼女は軽蔑し、
ありふれた愛情の喜びを受け入れることはほとんどない。　　（一一五）

しかし、あなたの心が才女の攻撃に冷静である一方で、
馬鹿者に対して入場許可を与えることのないように。
妻の愚かさを褒めるような夫は、
妻に、友でなく下女になることを提案しているようなもの。　（一二〇）

あなたはまた、精神が寛容で勇敢だから、
彼女の主人にならずに、彼女の奴隷になるかも知れない。

というのも、馬鹿者は頑固で、助言を拒み、
あなたがそれを弄するのも軽蔑するような術策以外の何ものにも、屈しないからである。
情熱は、長く持ち続けると生ぬるくなり、
やがて、眠気を誘う炎が、彼女の愚かさを寝かしつけるにちがいない。
しかし、今のあなたはあの幼稚な雰囲気をよしとする。
恋人と夫とでは、物の見方が違うのである。（一二五）
燃え上がる情熱は新しい魅力を作り出し、
下降線をたどる情熱は、嫌悪のための新たな根拠を求めるものだ。
賢いことに蜜蜂は、実り豊かな夏の盛りに、
冷たい冬と共に迫り来る欠乏のことを考える。
そのように、あなたも、のどかなる愛のあるときに、
情熱が支配し、そしてフローラもその青春の盛りにあるときに、
続いて必ずやって来るあの冬のことを考えるべきである。（一三〇）
そのとき、彼女の方は魅力をなくし、あなたの方も好意をなくす。
そのとき、いかにして友情が溺愛の後に続くだろうか。
そのとき、美の代わりにどんな魅力が彼女の役に立つだろうか。
そのとき、何が、情熱に対して、冷めるのではなく変化するよう命じるだろうか。
どんな魅力も馬鹿者の手元にはない。（一三五）

次に、あらゆる者を惹きつける金の力について述べよう。
それは、あなたには関心のない事柄であろうが、
あなたの情の深さを、私は知っている。その偽りのない自尊心は
常に思いやりの側にあるので、
魂を揺り動かすような美しい人がいれば、
彼女の財産があなたの財産より多くないことを願うだろう。
財産の目の眩む輝きに打たれる人びと、
金につられて、魂が嫌うものへと誘い込まれてしまう人びと、
もし、彼らが偽りの愛を擁護するならば、
つらい苦行をして、金の足枷に求婚すればよい。
しかし、もし、彼らがその恩恵に対して感謝しなくなり、
物惜しみしない女性に、苦しみを与えてそのお返しとするならば、
こうした人びとは、その意思において盗人のうちでも最悪である。
法は、盗人がそれよりも軽微な悪事を行うことさえ防ごうとしているのだから。
　結婚で儲けようと考える人の多くは、
結局のところ、明らかに敗者となる。
フルヴィウスは卑劣にもメリッサと別れて、
より裕福なクロエと夫婦の軛を保とうとするが、

彼女の莫大な出費に、自分の罪のつけを払わされているのを見て、
しばしばあの哀れな捨てられた娘のことを思い嘆く。
奴隷に生まれついたわけでもないどんな人間が、
女がしばしばその財産と共に与える、
侮蔑、叱責、嘲笑に耐えることができようか。
それは、貧困が知りうるよりはるかにひどい責め苦である。
　幸せかな、アレクシス。その家柄は、
いかなる貴人の家名をも汚すことのない血筋。
しかし、羊番の娘を選ぶがよい。
教区牧師を自分の台木に接ぎ木することさえ、ほとんどありえない娘を。
チャーチル(2)家の高貴な家系の美しい枝の方を選んではならない。
たとえ、それが自分の家系と釣り合うとしばしば耳にしているとしても。
結婚すれば、妻の傲慢な侮蔑に屈服することになるだろう。
捕虜になったタラールや降服したヴィラール、
そして、ブレナム平原の偉大なる栄光(3)と共に。
あなたは、あまりに頻繁に人を魅了するものから、こうして安全でいられる一方で、
胸の内で、その他のものに対しては小部隊を編成する。
意地の悪さ、高慢、あるいは悪意のこもった不機嫌を、

目にするだけで、嫌悪する。
しかし、こうしたことを発見するには、ある技巧を必要とするかも知れない。
女というのは、恋人に対して、めったに欠点を教えない。
彼女は、ただの女ではない。恋人が彼女をよく観察しようとしてもなお、
彼から欠点を隠しおおせるのだから。

（一八〇）

技巧の堰は、自然の流れを止めるかも知れないが、
最後には流れは脹らみ、激流となって氾濫する。
しかし、男の方はひいき目すぎて、
恋人が無礼で、自惚れが強く、頑固で、あるいは図々しいのを見ても、
他の人にとっては悪魔であっても、
彼女が愛する男に対しては天使になるかも知れないと考える。

（一八五）

それは全く誤った願望で、
自尊心を謙虚と思い、また、意地悪を親切と思いたがる。
安心してはならない。あなたが、今、目にしている
彼女の他の人に対する悪行は、いずれはあなたに対してもなされるのだ。
毒牙が現れたときは、その蛇を遠ざけよ。

（一九〇）

そして、有害な性格が手加減してくれるなどと考えないこと。
次の二種類の女に決して言い寄ってはならない。

奔放な男たらしと、口喧しいおすまし屋。
両者とも、何よりも愛を餌にして自分の自尊心を育てようとして、
前者は自尊心があるふりをするのに懸命で、後者はそれを隠そうとする。
（一九五）

陽気な男たらしはだれでも、自分だけが皆から崇拝されることを望み、
おすまし屋は皆、だれのことも高く買ってはいないと皆から思ってもらいたがる。
フラレッタはどんなにつまらないものでも心を奪われて、
その気になっている花婿を置き去りにして、舞踏会に行こうとするだろう。
（二〇〇）

クロエは町中の人気娘だが、
口説き落とすには、結婚衣装によるしかない。
大好きなマーティロの腕に抱かれている間も、
衣装のことで頭がいっぱいで、着ることを切望する。
ちょうど籠に入れられた哀れな鳥のように、
その定まらない心をあなたが捕まえようとしても詮ないこと。
（二〇五）

あなたの愛情には見向きもせず、鎖を嘆き、
わがままにも、もう一度、野原を飛び回りたがる。
しかし、おすまし屋の方は、高尚な主題に頭を働かせているので、
肉の悦びに耽溺することを軽蔑する。
（二一〇）

おすまし屋は顔をしかめて、愉悦を経験したと懺悔し、

聖書に従うために、結婚する。
しかし、もし、彼女の体質が
技巧の策略に対抗する真性な自然の方をとるならば、
もし、彼女が愛を解き放つならば、彼女も本当に愛するようになる。（二一五）
そして、その後に続くのが、際限のない不安と嫉妬ということになる。
溺愛もおさまってくると、男の方は次に飽きが来て、
街の淫らな女にいれこむようになる。
美女が訪ねて来るというのに、
このようにほっつき回っている輩は、どうして家にいることができないのか。（二二〇）
彼らは、お世辞はどれも愛の炎を運ぶものと思っているが、
両者に同じ程度に丁重であることはできないのだ。
夫が苦しむ禍のうちで、
わが友はすでに知っていると思うが、嫉妬深いおすまし屋が最悪である。
　断固として結婚に反対する者は、大胆にも断言する、
この選択において、男は必ず誤りを犯すと。（二二五）
私も、この籤引きを勧めることはできない、
一本の当たり籤に千の空籤があるのだから。
女というのは、生来、悪しきものにつくようにできていて、

教育によって、一層、その傾向が強まる。
欺き、裏切り、本当の考えを隠すことを、
母親や女性たちから教わる。（二三〇）

顔と姿にまず母親の手がかかり、
次に舞踏教師が所作を改善する。
甘い声がこれらの完成形に付け加わり、
手だれの音楽家はこの妖精を完璧にする。（二三五）

このように外見はよく整えられても、彼女の精神は
最初に造られた時と同じで、粗野で無知蒙昧のまま、
男を征服すべく送り出される。

しかし、最初に教えてもらうのは、学んだ色目を使う先、
そこは、富が姿を現して、儲かる獲物であることを示している所。（二四〇）

王子、貴人、あるいは郷紳、あるいは大佐が話をしているとき、
極上の微笑を浮かべながら、冗談を受け流す方法。
こちらの男は用心して遠のけ、あちらの男は恋人にし、
そして、地所のみに価値を認める。（二四五）

この種の女たちをあまりに多く見つけるが、
もっと上質な種類の女性たちが多くいることも確かである。

これらの処世訓にならって、拒絶さえすれば、
あなたの判断に、妻を選ぶ物差しが欠けるはずはない。
フィダスの望みを叶えて欲しい、
最も完璧な女性を明らかにして、描くことを。（二五〇）
あなたの籤に当たる女性が、
あなたにとっては麗しく、すべての人にとっては感じのよい女性でありますように。
才知や学問を、自慢げに誇るようなことがありませんように。
育ちの悪い娘でもなく、陽気で魅力的な評判の娘でもないけれど、
性格の良さが、彼女の柔和な魂を引き立ててくれるにちがいない。（二五五）
そして、ただただ彼女の軽蔑の対象となるのは、悪徳と下品。
あなたの人柄を好ましく思い、彼女の胸が熱くなりますように。
それも、あなたにならって知り初めた情熱で。
婚姻の床を暖かく分かち合う人は、
劣情でなく、愛情に導かれてそこへ行く。（二六〇）
優れた判断はあなたの領分だと、彼女が認めますように。
控えめに助言するも、あなたに反論するようなことはありませんように。
だれよりもあなたと一緒にいることを、彼女が好みますように。
あなたの苦難が、彼女から慰めを得ますように。（二六五）

もし運命が、あなたにそのような妻との出会いを与えてくれるなら、
この世で、これ以上の完璧な幸せはありえない。

訳注

（1）サッフォー Sappho（生没年未詳）は、紀元前七世紀から六世紀にかけて活躍した古代ギリシアの女性詩人。

（2）初代マールバラ公、ジョン・チャーチル John Churchill, 1st Duke of Marlborough（一六五〇―一七二二）を祖とする公爵家。彼は一七〇二年、公爵に叙された。

（3）タラール公、カミーユ・ドスタン Camille d'Hostun, duc de Tallard（一六五二―一七二八）は、フランスの貴族（一七一二年伯爵から公爵になる）、外交官、軍人。

クロード・ルイ・エクトル・ド・ヴィラール Claude Louis Hector de Villars（一六五三―一七三四）は、フランスの軍人。

両者は、スペイン継承戦争において、フランス軍を率いた有能な陸軍元帥。しかし、タラールはブレナムの戦い（一七〇四）で、マールバラ公率いるイギリス軍に敗れ、捕らえられ、英国に七年間住むことになった。ヴィラールはマルプラケの戦い（一七〇九）で、マールバラ公率いるイギリス軍と戦い敗れた。

エッセイ

会話について

一般に、人間は社会のために造られ、社会を楽しむ動物とされる。この状態においてのみ、人間はその多方面にわたる才能を発揮し、数えきれない必要を満たし、直面する危険を回避し、熱望する愉楽の多くを味わうことができると言われている。仮にこうした主張が、私はその通りだと思っているけれど、疑問の余地なく明らかに確かであるならば、人間が社会的動物であることを否定してきた少数者の行動にかんして、次のような二つの解釈が、われわれに残されていることになる。一つの解釈：正しいと断定する際に見受けられるように、否定する際にも、大胆な人びとがいる。キケロが言うように(1)、どんな不合理も正しいと断定する哲学者がいるものである。したがって、否定する者がだれもいないほど輝かしい真理というものは存在しないと言えるかも知れない。もう一つの解釈：社会を否認する人たちは、彼らの知識すべてを己れの野蛮な性向から借りていて、実際、彼らは、先述の一般的規則が該当しない唯一の例である。

しかし、こうした人たちのことは、解釈するに値すると考えてきた人たちに任せることにして、その一方で、見たところこの社会的状態をたいそう好み、無条件にそれを自分たちの種に限定していると思われる、別の人たちもいるのである。彼らは、飼いならされておとなしいもの、被造物の中の群れをなして集まる動物を、社会的状態の恩恵から全面的に除外し、これを人間と獣類との間の大いなる一般的相違とする。

あらゆる社会を獣の本性に認めないとするのは、日常目にする光景を無視しているように見えるが、社会を人間の本性に認めないとする結論と同様に大胆であると言ってしまおうか。あるいは、もっと正当に考えて、その誤りは、「社会」というこの単語を、あまりに限定された特別の意味で不適切に理解していることに起因する、としてはいけないだろうか。一言で言えば、獣の本性に社会を全く認めない人びとは、社会《ソサエティ》という語に会話《カンバセーション》以外の意味を持たせているだろうか。

さて、獣類をこのような意味で理解するなら、そしてそのように理解するのはきわめて妥当だと私は思うのだが、人間と獣類のその区別は真に正しいもののように私には思われる。なぜなら、人間以外の動物が社会を利用することがないわけではないが、社会のこの高尚な分野は、この地球に住むあらゆる生物のうち人間だけに限られているように見えるからである。欲情、恐怖、怒りといったごくわずかの概念を伝達するという狭い範囲での力は、獣にも認められるかも知れないが、会話《カンバセーション》という語が普通意味するもの、すなわちこの単語の語源から推論されるような、「認識に到達するための唯一正確な手引き」、にはとうてい及ばない。この単語のもともとの字義は、私の推測では、「共に回す」である。そして、しばしば、互いの考えを交換すること、それによって真理が検証されるという意味で使われる。ある意味で、物事が「回され」、ふるいにかけられ、そして、われわれのあらゆる知識が相互に伝達されるのである。

この点において、人間は他のすべての地上の生き物と区別され、より上位にあると私は考える。

この特権ゆえに、人間がある生き物に対して力では劣っていたり、また別の生き物に対しては柔和さにおいて劣っていたり、彼らを攻撃するための、または彼らから身を守るための、角や爪や牙がないにもかかわらず、彼らのすべてを治める者になったのである。実際、別の見方をすれば、人間が自らの能力をいかに自負しようとも、隣りの動物よりもはるかに劣っている。大食漢は豚、またはそこまで大食ではない動物を、なんとうらやましそうに眺めることか。また他の官能主義者の能力も、たとえば、最も低級で卑しい獣の能力と対比されるとき、なんと見下げ果てたものに見えることか。しかし、人間は、会話において際立っている。少なくともこの地上界の被造物の間では。この面で、人間は最初から他の動物よりぬきんでているのだが、大いに進歩し、その差はますます大きくなった。

会話には三種類ある。人は神と、自分自身と、そして自分以外の人と会話《コンヴァース》すると言われる。このうち最初の二種は、これまで他の人びとによって、広く、また見事に扱われてきたので、今はそれらはとばし、この論文では三種目にのみ考察を限定しよう。というのも、この人生の重大な仕事であり、有益かつ愉快な物事すべての土台が、これまできわめて軽く扱われてきたこと、そして、およそ職業、または技能は、どんなにありきたりで卑しいものであれ、熟練の域に達するための適切な規則を十分に持たないものはほとんどないのに、人間性の最も高貴な特権であり、あらゆる理性的な幸福の源であるあの才能を適切に発揮する際に、道標の灯り、あるいは行動の指針が何もないまま、全くの暗闇に人間が放置されていることは、私には驚くべきことに見えるからである。むしろ、この能力は決して自学自習できるものではないのであって、無教養で無知な輩の手にかかっては、下卑た使われ方しかせず、あげくに、彼らはこの能力を持たない動物たちとほとんど同じ水準になってしまうからでもある。

会話は社会の一部門である。したがって、本性が社会的でない人にはなじまない。さて、社会は互いに不快感を与えてしまう人たちには快いものではない。したがって、もっぱら本性によってのみ導かれる動物の中に、社会がかくのごとき本性によってのみ開拓されるのを見るのである。その一方、もっと不健全な気質を有する者は常に孤独に淫する。彼らは、情欲、すなわち、子供を養育するために必要な自然が植えつけたあの本能につき動かされるとき以外は、できるだけ人間社会を避ける。ゆえに、もしそのような野蛮な習慣を持つ個人が何人か見つかるようなことがあれば、彼らは社会に適応しておらず、したがって、必然的に会話にも適応していないように思われる。また、そのような例外的な人たちを認めても、人間が社会的動物であるという一般原則を疑問視することには決してならないだろうから、何ら不都合はないであろう。特に、このような人びとは、己れの本性と常に対立する状態で生きていて、(私の友人である、「幸福にかんする考察」[原注1]の著者[2]によって、このことは十二分に、また実に見事に証明されている)、奇形の早産児または異常のある新生児に劣らず化物に見えるのだから[3]。

くりかえしになるが、社会にとって、その構成員の間で不快の念を与えない状態が必要であるとすれば、彼らが互恵的であればあるほど、社会の本質により適合し、またより完全に社会の制度に適応していることになる。なんとなれば、あらゆる被造物は自分の幸福を追求し、そして、社会は本来この幸福を生むものであるがゆえに、社会はだれにとっても自然なものだからである。したがって、いかなる動物をも社会的にするとは、不快さを与えない動物にすることである。その例になるのが、人間によって飼いならされる獰猛な本性を持つ動物の場合である。そして、ここに読者は二重の区別を認めるかも知れない。人間は社会によってより野蛮な動物とは区別され、そして社会的な動物からは会話によって区別される。

しかし、人がただ互いに不快感を与えないというだけならば、社会と会話は単に無関係であるかのように見える。そこで、分別のある人間にとって望ましいものにするために、われわれはさらに一歩進んで、そこから生じる積極的な善を提唱する必要がある。そして、その前提になるのは、消極的に、いかなる苦痛も被らないということのみならず、積極的に、互いから何らかの善、快楽、利益といった、非社会的で孤独な状態では見つけることのできないものを享受することである。そうでなければ、われわれはあの誉れ高き詩人(原注2)と共に次のごとく嘆くことになろう。

与えよ、われらが荒野とわれらが森を
われらが茅屋と洞穴を今一度。(4)

互いに楽しみを与え合う、あるいは善を施し合う術は、したがって、会話の術である。(5)この習性こそ、会話にその全価値を与えるものである。そして、人が社会的動物であることは（この真理は先に言及した「幸福にかんする考察」を著したかの卓越した著者によって、論争の余地のないほど完璧に証明されている）、このような自然な欲求、または傾向を前提にしているのだから、この真に望ましい目的を達することができないのは、ただただ、その手段についてわれわれが無知であるからということになるだろう。この無知がいかに一般的であるかは、この術を表す単語すらないことからも推測されるだろう。この術に最も近い意味を表す語、また、ときどきわれわれがこの術を意味しようとして使う語は、おそろしく野蛮に転化されて、今では、もともと含意していたように見える意味のかけらさえ含んでいない。

その単語とは、「育ちのよさ《グッド・ブリーディング》」である。私の見るところ、そもそもこの語は、外見についてのみ意味したわけではなく、ましてや、特定の洋服もしくは身のこなしに限って使われたわけでもなかった。また、この語が表す特質は、帽子屋、仕立屋、鬘屋によって与えられるものではなかった。ましてや舞踏教師によるものではなかった。私がこの語から抱く概念から言えば、ソクラテスを育ちのよい男と呼ぶこともためらうべきではなかった。彼は先に私が列挙した人たちのうちのだれからも教えを受けたことはまずなかっただろうと思う。つまり、「育ちのよさ」によって私が意味するのは（この語が非常に違う意味を持って、誤って使われているにもかかわらず）、人を楽しませる術、または会話の相手の安寧と幸福にできる限り寄与する術のことである。したがって、この件にかんしてこれ以上私は論争するつもりはない。というのも、読者が、私がこの単語を使う際にこめる意味をはっきりとつかんでいる限り、語の本来の適用において、私が正しいか、それとも間違っているかはそれほど問題にならないからである。

さて、「育ちのよさ」、あるいは「会話における人を楽しませる術」は、二つの異なる方法で表出される。すなわち、行動と言葉においてである。そして、この両面での処し方は、「人にしてもらいたいと思うことを、人にもしなさい」[6]という聖書にあるあの簡潔で包括的な規則に還元できるであろう。確かにこの規則は簡潔であり、一見、単純のようだが、倫理にかんするあらゆる論文も、この規則に対する注釈にすぎないのではなかろうか。そして、自然の書に通じ、人間の行動をよく観察してきた人ならだれでも、きわめて少数の者しか、自分の幸福を判断できない、あるいは正しく追求できないことに気がつくだろう。そして、次のような結論に至るであろう。すなわち、自分が人にしてもらいたいことは何なのか、または少なくとも、人に何をしてもらえば自分のためになるかについて真に知るようになるためには、何らかの注意（通常以上の）が必要である。

したがって、もし優柔不断、あるいは不注意から、しばしば自分自身の幸福の源泉さえ誤認するようなら、他人の幸福に寄与することをあてはめる際に的はずれであっても不思議はない。ゆえに、われわれは人間の性向を過度に辛辣に非難しなくても、真の育ちのよさにかんする、あの度重なる失敗を説明できるかも知れない。日常の経験がその例を与えてくれる。

さらに、注釈者たち[7]は、前述の黄金律を次のようにうまく言い換えてきた。すなわち、「もし相手が汝の立場や状況にあるなら、または汝が相手の立場や状況にあるならと仮定して、その場合に人からして欲しいと思うことを人に施せ」。この注釈は、倫理学において遵奉される必要があるように、われらがこの術においても特に役にたつ。この術では、相手の身分がいつも考慮されるからである。これについては後段でより詳しく説明することにしよう。

さて、この黄金律に好意的な人が、何ら用心をしないで、実践面で過ちを犯す可能性があることをわれわれは知っている。いやそれどころか、真の育ちのよさに必須の精神の習性である性格《グッド・ネーチャー》のよさそれ自体が、前者の育ちのよさにきわめて類似していること、また、育ちのよさは、少なくとも礼儀作法にかなっているように見えることもあって、うわべだけの性格のよさと呼ばれて[8]きた。その卓越した特質それ自体も、時に行き過ぎると、ホラティウスの以下の詩行が示す通りになる。

賢人も狂人の名を、正しい者も不正の名を帯びなければならない
適度を超えて徳を追求するならば[9]。

前述の黄金律からの逸脱を示すこの種の例は、自然に頭に浮かんでくるだろう。次にこの件について述べよう。

この育ちのよさというのは人を楽しませる術の謂いであるから、第一に必要なのは、細心の注意を払って、付き合う相手を傷つけたり怒らせたりしないことである。さらに、尊大に構えることによって、事実上、相手の人格の軽蔑、もしくは侮蔑になるようなことは絶対に避けねばならない。それは人の自尊心に加えられる最も痛烈な攻撃だからである。この件についてフロルスほど的確な意見を持っている者はいないようだ。タルクィニウス二世[10]について語って曰く、「彼は皆を踏みつけにした。その驕慢さは、偉大な精神を持つ人びとに、残忍よりも重くのしかかったのである[11]」。何よりも社会にふさわしくない気質があるとしたら、まさにこの驕慢または傲慢がそれにあたる。これによって、自分の不完全さは見えなくなり、他人の不完全さには鷹の眼光をもってあたるよう

になり、同胞に対するあの軽蔑が心のうちにかき立てられることになる。そこで、あの威勢を誇る輩は頬を脹ませ、頭をそり返し、足どりを重々しく見せつける。彼らはときには集まりに近づくこともあるが、それは他でもない、同胞に対する侮蔑を身振りや行動で示すためなのである。真に偉大で哲学的な精神にとっては、この操り人形以上に馬鹿げた見世物を思い浮かべることは容易ではないが、そうでない精神にとっては、はた迷惑も同然である。というのも、軽蔑は凶器であり、それによって攻撃されたとき、最も偉大な人たちと最も弱い人たちの間に存在する唯一の違いがこれである。すなわち、前者を傷つけるためには、それは正当性がなければならない。一方、知恵と哲学の防備の盾を持たない者に対しては、それも神も知る通り、その盾を持つ者はほとんどいないのだが、凶器を向けるのに全く正義を必要としない。しかし、それはどこからやってきても、必ず貫通する。この性質が、おつむが空っぽのカクスに、知人を否認し、苦境にある功徳の人を看過するよう促す。また、小さくて愚かで可愛いフィリダやフーリダに、周囲の不思議な生き物を凝視するよう促す。この気質こそが、蔑視、うちとけない表情、よそよそしいお辞儀、馬鹿にした横目づかい、わざとらしい驚き、最後には面と向かっての嘲笑となる無遠慮なささやきを構成している。つまり、ここから生じるのが、公私を問わず集まりにおいて頻繁すぎるほどくりかえされる無数の非礼である。これは、弱い理解力、粗野な習性、そして、目の前に出て来るものは何でも食い尽くそうとする、貪欲で腐った虚栄心を持つ人びとによってなされる。ところで、育ちのよさが、これまでわれわれが努めて証明してきた内容を持つならば、このようなふるまいとはいかに無縁であり、実際、正反対であることか。また、このような気質を持つ公爵や公爵夫人を、育ちがよいと呼ぶことができるだろうか。もしくは、彼らが最も低級な庶民にあてるあの非人間的な名称を、彼ら自身に与える方が、より正当ではあるまいか。これと反対に、より人をなごませる図を見るがよい。チェスターフィールド伯[12]を御覧あれ。生まれは高貴で、輝かしい運を持ち、あらゆる精神的資性に恵まれていながら、なんと気さくで、低姿勢であることか。どこをとっても、その部屋で一番偉大な人物であるのに、それを知らないのは彼だけのように見える。

しかし、相手に不快な思いをさせないというだけでは十分ではない。われわれは互いにとって有益なしもべであるべきだ。第二に、最大限、相手にふさわしい敬意を表さねばならない。この点にかんしては、不足より過剰ぐらいでちょうどよい。シャフツベリ卿は次のような至言を述べている。乞食が馬車に向かって声をかけるのに、貴族が乗っていなくても「・・・卿」ならば乗客の気を損ねることはまずない。しかし、反対に、貴族がいるのに「・・・様」だけだったなら、どんな結果になるだろうか[13]。事実、席次をめぐる騒ぎや競争、優越性を示す肩書きや標章ならどんなにさいなものでも得たいがために引き受ける苦労や努力、ときには代償、そして、それらの享受に際して露わになる、はた目にもわかる満足感、これらを考慮する人ならだれでも、当然、これを些事とは考えないであろう。実のところ、われわれは哲学者の世界ではなく、凡人の世界に住んでいるのである。哲学者の一人が巷間に現れるとき（それはめったにないことだが）、変人呼ばわりされて区別されるが、それは妥当でもある。世間一般がその獲得に一生かかると思っているものを軽蔑するのは、究極の変人ぶりでなくて何であろうか。したがって、われわれの行動は、世間一般の意見に合わせるべきであり、少数の変人の意見に合わせなくてもよい。

例をいちいち挙げたり、われわれの行いにふさわしい規則をいちいち細かく決めたりするのは、退屈であるし、多分不可能であろう。そこで、最も日常的に起る主要な事柄のいくつかについて言及することにしよう。前提になるのは、相手に自分が尊敬していることを伝えるのがまず肝要であるということである。そして実際、これが社交辞令、儀礼、贈り物など、育ちのよい人びとの間で交されるすべての本質である。ここで次のような命題を立ててみよう。

第一、儀礼そのものはすべて「形式《フォーム》」にすぎず、中身は全くない。しかし、慣習の法によって課されているので、育ちのよさにとって必須のものになる。中国の高級官吏の間で交されるものも含め、東洋の君主に向けられるあの大げさな社交辞令から、イングランドの農夫やオランダの小作農の間で用いられるあの粗野な儀礼に至るまで、そうである。

第二、これらの儀礼は、たとえ貧弱なものであっても、見かけ以上に重要性を持つ。そして、実際、人と人との間における唯一の外見上の違いになる。したがって、陛下、閣下、卿、尊師、師、殿、様、氏などは、哲学的意味から言えば何の意味も持たないが、しかし多分、政治的には必須であるし、育ちのよさによって存続するにちがいない。その理由は次の通りである。

第三、それらは相当する法律と慣習によって、人にある期待を生じさせる。そして、期待が裏切られるとその結果、その人は気分を害することになるだろう。

さて、育ちのよさのための規則についてつぶさに見ていくために、とある場面を用意すること、つまり、われらの門弟(14)をある状況に投げ入れることが必要であろう。というわけで、田舎を訪問することから始めよう。この場合主役は客を迎える側であるから、もてなす側のためのいくつかの一般的規則を、できるだけ簡潔に規定することにしよう。同時に、このような場合に見られる主な例外についても注目しよう。

あなたの家の晩餐会に客が到着したとき、その客があなたと同等な地位、もしくはそれほどでもないにせよあなたより身分が下であっても、あなたの家族はきちんとしていなければならないし、あなた自身も身支度をし、にこやかな表情で門のところで客を迎える用意ができていなければならない。これによって、客は即座に陽気になり、あなたが尊敬していること、自分との交際を望んでいることを納得するのである。ポリスペルコンの態度は違う。彼の家の中に入れてもらうには、客は門を相当の回数叩かなければならない。ようやく、下婢、あるいは無作法な下僕が、一体みんなどこに行ってしまったんだろうとぼやきながら扉を開ける。そして、ご主人はご在宅ですかと訊かれると、そう思いますけど、と下婢は答える。それから、客は玄関の広間もしくは奥の間に通され、そこでしばらく待つと、やがて主人が書斎、または庭から普段着のまま出てきて応対し、詫びを言い、そして、こんなに早くいらっしゃるとは存じ上げませんでしたと言う。

客は応接間に案内され、最初の儀礼が済むと、旅の後でお疲れでしょうから、食事の前にお飲み物はいかがですかと訊かれる。(客は、通常の、または予定の時間を超えて長居をしてはいけない。)しかし、この誘いは、チャルパスのように、二度以上くりかえすようなことがあってはならない。彼はあたかも医者に雇われたかのごとく、節度のある友人たちの喉に朝の葡萄酒を流しこむが、彼らにとっては、体質よりも今の静けさの方が大切であった。

晩餐の用意ができ、ご婦人方が席につくと、男性たちが食堂に案内される。そこでは、その身分から明らかに上席がふさわしい人が同席しているのでない限り、見た目はできるだけ無頓着に席につかねばならない。その他の人にかんして、席順の一般的規則は、結婚、年齢、職業による。最後に、あなたが席順を決める際は、財産よりもむしろ出自の方を尊重しなければならない。なぜなら、財布自慢は押し出しが強いので順位を上げるけれど、出自の方は、より密やかな慰めや安逸を伴いながらも順位を下げるからである。出自のよい人は、より内面的に満たされており、人から無視されたり、軽蔑されはしないかと心配することも、より少ない。

給仕の順番は席順により決まることになる。しかし、ここで私は、女主人に上座にあたるテーブルの端の席につくことを、僭越ながらお願いしなければならない。そうした方ができるだけ均等に偏りなく目配りできるからである。魚料理の大皿が五人目から先には回らなかったり、鹿の脚肉が客の半分まで回らないうちに美味しい部分がなくなってしまうのを、ときどき目にすることがある。

特定の料理を勧めるのは、上品に行えば、一度だけなら何とか許される。私が厳しく禁じたいのは、しつこく勧めること、あるいは自分は食欲がないと愚痴ることである。ときにそれはほとんど茶番劇であり、また、押し付けがましく煩わしいのが常である。

さて、読者の中には低級に思われる方もあるかも知れないが、この種のことを省略すると、人を怒らせたり、またときには善意の人も笑い者にされてしまうことを私は知っているので、ここで食事の席での乾杯の儀式について言及せざるをえない。常に、まず始めにその家の夫人の健康を祝い、次に主人のために乾杯となる。

食事が終り、ご婦人方が退出したとき、満足しきって酩酊した宴の主人を、私なら引き止めはしないけれど、実のところ一般的には彼の落ち度である。もし、客が葡萄酒を欲しがるような人たちであれば、彼は、瓶を選び、ほどよい量の葡萄酒が客の皆に行きわたっているか、確かめなければならない。それと同時に、瓶を回すか、または好きなだけ杯に注ぐかは、客の望みに任せなければならない。実のところ、正体なく酔っ払ったり、酒に強いところを自慢したりする野蛮な習慣は、上品な人たちの間では、今ではかなり廃れたようだ。しかし、正直さと理解力を飲酒量で測るメサスのような者は依然としている。あなたの杯が満杯であれば褒め、杯に入っている葡萄酒が少ないと、小言を言うのである。そのような席で正気を保つのは、ちょうど賭博台で財布の紐を締める、あるいは売春宿[15]で健康を保つのと同じように困難である。その一方で、ソフロナスは、あなたがなみなみと彼の酒を注いでいる間、注意深く見張っている。瓶は、彼のところまで来たとき、ぴたりと止まる。ちょうど、あなたの馬車がテンプル・バー[16]で止まるときのように。彼の家から一パイント分の葡萄酒を持ち出すことは、ちょうど、絶世の美女の愛を獲得したり、ピーター・ウォルター氏[17]からわずか一シリング借りることと同様、ほとんど不可能である。

さて、話をすすめよう。適当な時間が経って、もし客が夕べもあなたと一緒にいるつもりでいて、酒はもういいと断るならば、ゲームや散歩、または他の娯楽を提案するのもよいだろう。しかし、これらについては軽く触れるだけにして、あなたの側としては、完全に、客の選択に任せなければならない。アジルテスは、金を巻き上げたいという気持ちがあり、アラゾンは、屋敷や庭園の珍しいところを人に見せて虚栄心を満足させたいという気持ちがある。それを察知しないほど愚鈍でいられる人は一体どこにいるだろうか。客が暇乞いをしたときは、引き止めるべきではない。ただし、一晩泊まることを薦める場合や、客に、自分が泊まることが歓迎されているという道義的確信を与えるため以外には懇願しないなら、話は別である。まだ行かせないと強く言うべきでないし、乱暴なやり方をしてはいけない。デスモフィラックスのごとく、馬もしくは馬車の手配を遅らせるよう、召使に密かに命令を出してもいけない。この男は、だれかが彼の家から帰ろうとするといつも、監禁まがいの行為をする資格があると自認していた。

次に、客の側がとるべき態度について少し考えてみよう。まず第一に、客は、早すぎる、遅すぎるという二つの両極端を避けるべきである。友人を不意打ちしないため、あるいは、あまりに長い間待たせることのないようにするためである。オースリウスは閑なので、あなたの朝まだきのまどろみを邪魔してしまうし、また倹約家のクロノフィダスは、自分の貴重な時間を数分でも無駄にしたくないので、あなたの主催する晩餐を必ず台無しにする。

到着時の挨拶はできるだけ短くすべきである。目上の人を訪問するときは特にそうすべきである。フィレナフィウスの真似はくれぐれもしないように。彼は、一回のお辞儀を省略するくらいなら、雨が降っているというのに、友人を長々と引き止めるだろう。

立ち上がる、座る、最初に入退室するなどのささいな儀礼は、あなたより数段目上の人と同席した場合以外は、あまりに堅苦しく遵守しなくてもよい。しかし、そのような人があなたに先を譲ったときには、辞退するのは失礼である。このことについて例を挙げよう。あるイングランドの貴人がフランスにいたとき、ルイ一四世から先に馬車に乗るように命じられたが辞退した。国王は即座に馬車に乗り込むと、扉を閉めるよう命じた。馬車は走り去り、後にはその貴人が残されたという。

礼儀上の申し出は断ってはならない。貴婦人を優先する場合とか、一度限りの申し出の場合は別である。厄介なことになるのを回避するのは、まさに真の育ちのよさに他ならないからである。客の趣味や気質がまず考慮されなければならないが、その家の主人の趣味や気質に対しても、同様に何らかの配慮が必要とされる。そうでなければ、客と同席するのが楽しみというよりも苦行になってしまうだろう。メスサスは、訪問の目当ては下戸の友人の酒瓶であることを、はっきりとわかるように示す。フィロパサスは自分だけが楽しんでいるとわかっているのだが、トランプをやめることはないだろう。また、細身のレプティネスは、太った主人に汗をかかせるために馬を疾走させ、主人は愛馬の上で放屁する危険を犯すことになる。

当初の予定時間より長居が可能であっても、滞在が友人にとって迷惑にならないよう、暇乞いをするのが礼儀であろう。しかし、友人の慰留の仕方からみて、迷惑ではないと察知したなら、その申し出をすみやかに受け入れるべきである。主人に、これまでこの小論で定めてきたもてなす側のための規則を破りたいという気を起こさせないように。そして、自分の帰宅の準備が友人の家族や召使に混乱を与えないように。最後に付け加えれば、帰宅すると決めたときは、あなたの到着時に筆者が指示したのと同じ方法をとらなくてはならない。つまり、長たらしいお別れの儀礼はなし。ハイパーフィラスのようであってはならない。彼はただの知り合いのところから十マイル先の自宅に戻ろうとする際に、あたかも東インドへ旅立つ親友あるいは近親者との別れでもあるかのように、何度もお辞儀をし、キスを交わし、手を熱く握り締めて相手の健康と幸福を祈るのである。

ここまで、私的な訪問という状況に読者を置いて簡単な考察をしてきたので、次に公的な集まりに読者をお連れしよう。そこでは、より多くの目があなたのふるまいに注がれることになろうから、指南を請う気持ちが、前の場合より弱いはずはなかろう。実際すでにこのような場合に犯しがちな主な過ちにかんして一般的な図を示してきたが、ここでは相反する態度にかんする規則をより細かく説明することにしよう。それは、三種類に分類できよう。すなわち、目上の人に対する態度、同等の地位の人に対する態度、目下に対する態度である。

目上の人に対する態度のうち、次の両極端は避けねばならない。つまり、ひたすらさもしい卑屈さと、厚かましくずうずうしい無遠慮さである。生まれのよいハイパーデュラスがいかなる公の場であれ貴人に近づくとき、あなたは彼のことを最も下賤な使用人だと思うだろう。その萎縮した態度は平伏に近く、そのふるまいはきわめて卑しく隷属的であり、東洋の君主でさえ家臣にこれ以上の屈服を求めはしないであろう。一方、アナシュンタスは、その生まれからは思いもよらないような幸運な巡り合せによって目上の人と交わるようになったとき、親密な親交だけでなく、血縁を匂わせるような馴れなれしさで、公爵殿と握手する。前者の行動は当然軽蔑感を抱かせるが、後者は嫌悪感をもたらす。ハイパーデュラスは仕着せを着るのがふさわしいようだ。それに対して、アナシュンタスはその厚かましさゆえ暇を出されても当然である。これら二つの間に、かの中庸がある。それは、人が、自国の法と慣習によって与えられた肩書に対して不本意ながらも敬意を払う心構えでいても、いかなる侮辱も我慢しないこと、そして、良心あるいは面目を犠牲にして、目上の人から親交と恩顧を獲得するのを軽蔑することを言う。目上の人とはだれであろうか。この問いにかんしては、次に同等の者に対するふるまいについて触れるときに確定することにしよう。この件にかんする第一の教えは、だれがそのような人なのかを慎重に考えるということである。財産あるいは職業において少しでも人より上であることは人の精神を酔わせがちで、真価あるいは見せかけ以上に自己評価をすることになりやすい。この国で人が目上であるとされるのは、肩書、出自、職業の等級、そして年齢による。財産によることはあったとしてもまれである。とはいえ、概してそれによって非常に多くのものが取り立てられ、それに対して支払われることも日常茶飯事である。富からのおこぼれもその見込みもほとんどないのに、卑しくも単純な奴隷根性により自発的に富の崇拝をよしとする様を目にするときほど、人がさもしく見えることはない。尊敬と敬意は、多分、恩義を受ける側に正当に要求できるものであるし、困窮者は、少なくとも何かの理由があって、期待から、金持ちで気前のいい人に対して尊敬と敬意を払うかも知れない。しかし、人間は、ただただ富の輝きにのみ惑わされて、尊敬や敬意のお返しとして貧する者の飢えを満たそうともしない人たちの不遜な自負心を養ってしまうものだ。また、浅ましいけちん坊は、己の虚栄心の祭壇に捧げる生贄を見つけるものだ。こうしたことは、聖職者たちの鋭い観察眼が人間の心のうちに発見してきたものよりもさらに盲目的な崇拝と、さらに頑迷で無分別な妄信に由来するものと思われる。

したがって、肩書、出自、職業の等級、年齢あるいは実際の恩義が互いに上回っていない紳士はすべて、同等とみなしてよい。公の場面での、同等の者に対する行動のための教訓のいくつかを、以下の例から学ぶことにしよう。そこからわれわれは、何を避けるべきかだけでなく、何を選択すべきかも識別できるようになるだろう。オーサデスは自分の気質に身を任せて、どんな場合でも決してそれを捨てることはない。たとえ、その魅力はバース[18]の温泉水よりもすぐに脚の不自由な人に機敏さをもたらすと思われているセラフィーナ嬢が、自分から踊りの相手になることを申し出ても、彼は「踊りは不調法」と答えるだろう。たとえそのためにご婦人方が楽しい時を失っても。とはいえ、彼は踊りができないから断るわけではない。というのも、彼は若い頃は踊りが上手で、今でもその技芸について十分な知識と、それを実行するのに十分な脚さばきを保っている。むしろ重々しさを装う気取りのためなのである。他人の欲求のために気取りを犠牲にするつもりはさらさらない。ダイスコラスはトランプゲームに対して同じような嫌悪感を持っている。彼はあらゆるゲームに十分熟達しているのに、オンバーの三人目になったり、ホイストやカドリル[19]の四人目になるよう懇願されても、説き伏せられることはない。彼はわずかではあっても気に添わないまま甘んじて一、二時間を過ごすくらいなら、むしろ同席の人たちの楽しみをふいにして落胆させるだろう。フィラトゥスの固辞の仕方はそれほど徹底してはいない。つまり、彼の好きなゲームをさせるなら、彼はすぐにでも参加するが、しかし、それ以外のゲームをさせることは不可能である。この人たちは財産家であって、勝っても負けても賭けた金は、彼らにとってはわずかで取るに足りないものであることを付け加えておかねばなるまい。

　これらの人びとがときに被る非難がその罪過に相応していないのは、チャリスタスに与えられる名誉が彼の美点に相応していないのと同じである。彼の精神が有する慈愛は、偶然以外はめったなことでは自分の意志を通すのをよしとしない。その年齢と理解力ゆえに、彼が舞踏に心が傾くことはないし、また舞踏から楽しみを得るつもりもないけれど、しかし、いくつかの上品で愛らしい踊りの所作による魅力のいくつかを、美しく若い淑女が披露する機会を逸することになるなら、むしろ彼は一晩中踊るだろう。また、トランプゲームにしても自分の気質に合わないけれども、彼はそれを理由として他人の嗜好を妨げたことは一度もない。

しかし、ちょうど全人類の満足を買うためなら、たいていの場合、自分自身の気質を傷つけることさえする人たちが多くいるように、他人を最も残酷に傷つけて、己の自負心と虚栄心を満足させるのをためらわない人たちもいるのである。この種の人がアグロイカスである。彼はごくたまにしか集まりに出ないが、人を見下したり、あるいは無視して、知人の大半を侮辱する。

このようなことはきわめて日常茶飯事の非礼で、原因と結果の両面において、一般に想像される以上に罪深いことであるから、詳細に考察してみよう。そして、(哲学者のような物言いをすれば)、これ以上に卑しむべき、また、礼儀上からも嫌悪すべきふるまいはないことが明らかになるのを、私は疑わない。

これを構成する第一の要素は、自負心《プライド》である。自負心は、ある人の説によれば、普遍的な情念である。また、自負心を偉大な精神の弱点とみなす人もいれば、自負心を偉大さのまさに基盤にしようとする人もいる。これはもしかしたら、われわれがこの種の作品の多くの箇所で明らかにしようと努めてきたあの偉大さのことかも知れない。しかし、真の偉大さはよき心とよき頭の合一であり、自負心とはほぼ正反対である。というのは、自負心は普通、心と頭の両方の堕落に由来し、しかもほとんど確実に後者の悪さから来るのである。確かに、多少とも観察すれば気がつくことだが、この悪徳に最も染まっているのが馬鹿者である。そして、少し考えればわかることだが、それは真の理解力とは相容れない。したがって、賢者は己れの性質の愚鈍さと不完全さを常に嘆いてきたが、卑しく頭の弱い者は自分が優れていると吹聴し十分な能力があると大得意でいることを、われわれは知るのである。

自負心を正しく定義すれば、「他人の長所と比較しながら、自分のより優れた長所を見つめるときに感じる喜び」となるかと思う。自負心が、この想像上の優越性から生まれるのは明らかである。なぜなら、たとえある人の長所をどんなに偉大だと認めても、皆が彼と同程度ならば、自負心の入り込む余地はないからである。さて、自負心がもしここで終るなら、多分、大きな害はないだろう。あるいは少なくとも、どんな愚かさにもありがちだというだけのことだ。しかし、あらゆる種類の愚かさは、あらゆる種類の災いを常にもたらしがちなのである。まさにそれが私の恐れる愚かさである。というのは、仮にくだんの男性がこのとき正しく自己評価し、この特定の事例において彼に公正に軍配があがっても、あるいは、彼が本当に人より偉大な雄弁家、詩人、大将であっても、あるいは、彼が人より賢明で、機知に富み、学識があり、若く金持ちで、健康であっても、あるいは、彼がある特定の一人の人より、あるいは多くの人またはすべての人より、何であれ優れている可能性があっても、しかし、自分自身を隈なく調べてみるならば、彼は己の自負心を減ずる理由を見つけることはないだろうか。人より抜きんでている彼の特質は、あまねく正当に評価されているだろうか。それは完全に彼自身のものであろうか。彼の優位は彼自身の完全さよりもむしろ、他人の欠点に負うものではあるまいか。あるいは、最後に、彼は自分の性格のどこにも、この長所の対極にあるかも知れない弱点を、そして長所が彼を自負心へと唆すのと同じくらい正当に彼を恥ずかしさで怯えさせる弱点を、見つけることはできないだろうか。このような吟味をすれば（そして良識の他にこの吟味をするものはないが）、奢ることのできる人はまれなのではなかろうか。実際にそのような人がいれば、途方もない化物である。しかし、もし人がこのような比較をする際に、ほんの少し自分自身に甘ければ（ときどきそういうことが起こるかも知れない）、その害は自分にふりかかり、その結果笑い者になるだけである。もし私が詩作においてポープ[20]やヤング[21]より優れていると判断するなら、またもし下手な役者がクィンやギャリック[22]より優れていると考えているなら、もし看板屋が他の追随を許さないかのホガース[23]より自分の方が上だと思っていたら、そのうぬぼれゆえに笑い者になるだけである。そして比較の対象にされた人が笑っても、ゆえなしのことでもあるまい。したがって、自負心とは、無害の単なる弱点に見える。また、当人も馬鹿者以上に悪い名で呼ばれることはない。だが、事はこれで終らない。多分、馬鹿者も全く好ましい語ではないが、驕れる者はもっと悪い扱いを受けてもよいだろう。彼は自画自賛だけでは満足しないのだ。今や傲慢になり、世間からも同様に尊敬と人気を要求する。というのは、自負心は最大の追従者だが、決して利益をもたらしてくれる下僕ではないのである。それは大地主というよりむしろ教区牧師に似ている。自分の所有する土地よりも、人びとから集めた十分の一税、奉献、寄付に頼って生活している。したがって、傲慢を伴わない自負心がめったに存在しないように、不遜を伴わない傲慢は決してない。傲慢な者は目的を達成するために、不遜であらねばならない。また、自らが装う優越性を他人に信じ込ませ思い出させるために、意地悪な言葉、行動、身振りによって、軽蔑する人をできるだけ遠くに追いやろうとするのも自然であろう。ここから、人を馬鹿にしたあの表情と、あらゆるあからさまな侮辱が生まれる。人は自分より劣っていると思っている人びとに対して、公然と侮蔑した態度をとる。こうして、近親者、友人、知人が貧乏や不幸にあるとき、彼らを馬鹿にし、しばしば拒絶するという注目すべき慣習が生まれる。何としてでも、自分が軽蔑するその哀れな人びとと、彼らの想像の中でも、あるいは、われわれの間に親交があると見る人びとの想像の中でも、同列にみなされないようにするためである。

しかし、自負心、愚かさ、傲慢、不遜の他に、単純なものがもう一つある（この悪徳は決していかなる気質組成からも進んで出て行くことはない）。それは性格の悪さである。性格のよい人も確かに（もし彼が馬鹿者ならば）高慢になるかも知れないが、傲慢、不遜にはなりえない。もしわれわれが、愚かさと、人間性に対する無知を、そのようなさらにひどい程度に至るまで許容するなら話は別である。実のところその場合は、聖書の恵み深い言葉を使うなら、「彼らは自分が何をしているか知らない(24)」のだから、許してもよい。

というのも、このような態度が相手に及ぼす影響について考えてみれば、殺人でさえより残酷な危害とは言えない理由が、もしかしたらあるかも知れないのだ。このような軽蔑の結果、どうなるだろう。または実のところ、軽蔑の対象を恥辱にさらすこと以外にどのような意図があるのか。身体に加えられる最も過酷な苦痛から生じるものと同じくらい苦しく、ほとんど耐えがたい感覚。健康な人の身体全体に異常の兆候を即座に発生させる精神発作（そのように呼んでよければ）。また時には死を伴うこともあり、多くの人は迷うことなく死の方を選ぶ。さて、最も下等な悪意でなくて何が、他人の恥辱を代償にして自身の虚栄心をほしいままにするのを許すことができようか。料理の風味を増進するために、ある種の鳥や獣に手のこんだ拷問を加える、大食漢の動物に対する残酷さ(25)は、このような傲慢な人間の同胞に対する残酷さより、むごいだろうか。

しかして、このような性格は自負心、愚かさ、傲慢、不遜、悪意という忌まわしい軽蔑すべき特質の合成である。これについては、いくつかの一般的な省察をもっておしまいにしよう。そこではきわめて滑稽な光をあてることになるだろうから、今後、人がこうした性格を身につけるためには、かなりの愚かさ、あるいはずうずうしさを持っていなければならない。

第一、この性格は一つの大きな虚偽にもとづいて進む。というのは、この恥知らずは、人を馬鹿にした行動によって、何とかして、彼が侮蔑する人より彼の方が優れているという意見を抱くようにと見ている人を誘導する一方、内心では、自分の行動はこの優越性について世間一般の人たちが抱いている意見にもとづいているのだという欺瞞的な仮定によって、己れの虚栄心を喜ばせているのである。

第二、優越性を保持するためのこの用心は、自分自身の人格の優越性はごくわずかしか確立していないのではなかろうかという疑念の存在を端的に示している。そういうわけで、主に、狙い求める評判を要求する資格を最も持たない人によってこの用心が実行されるのを、われわれは見るのである。実際、この小論ですでに触れたあの貴人(26)より以上に、こうした用心から自由な人はいない。かの人を知る者は、敬意を抱かずして話題にすることはできない。

第三、われわれの優越性についての判断は、普通きわめて怪しいものである。大将が勲功のすべては自分の優秀さによるものと思っているとき、まさにその術においてより優れている自分より下の階級の将校に対して、このように横柄にふるまうのを見たことがない人がいるだろうか。似たようなことは他のあらゆる芸術、科学、職業においても起る。

第四、ささいなことで他より抜きんでた人が、しばしば最高位の目上の人に対して、馬鹿にした視線を投げかける。かくして、肩書、出自、富、馬車と供回り、衣装などにおける優越性をいささかでも衒うことで、徳、名誉、知恵、常識、機知といった高貴な資質、そして、人に真の威厳と光彩を添えるあらゆる他の特性が目にはいらなくなってしまうのである。

最後に、われわれの種の中で最も低級で卑しい者が、この悪徳に最も染まりやすい。それは、同性として恥ずかしい男性、人間性に泥を塗る女性。というのも、最も低級な輩はこの悪徳から免れることはなく、したがって一般に最も罪深いからである。その悪徳は、酒場やジン販売店を訪れ、フィドル奏者、香具師、舞踏教師の空っぽの頭の中で口笛を吹く。

この小論が意図した以上の長さをすでにその説明に費やしてしまったが、この性格について締めくくろう。すなわち、このように他人を蔑視することは、低俗にして粗悪な心を示す真正の兆候である。それは、卑しい者や堕落した者を唆し、あらゆる機会に彼らのちっぽけな想像力をくすぐるが、強力な動機がある場合以外、決して偉大で善良な精神に入り込むことはない。またそれは歓迎される客でもなく、落ち着かない感覚を与えるだけで、常に懸念と同情の混合物を引き連れてくる。

さて、ここからは社会の中のより下位の違反者に話を移そう。セオレタスは、人びとは彼を見て崇めるためにのみ集まると思っているので、もし皆の目を惹くことができなければ不安になる。巨人[27]でさえ、人から見てもらうために彼ほど骨を折ることはない。彼は不幸にしてそれほど背が高くないので、最も目立つ所にいるように注意を払う。それでも足りなければ、はた迷惑なことに、部屋中を歩き回るにちがいない。もし一堂の注目を集めることができるなら、身を落としてでも嘲笑の的になるであろう。というのも、人の目にとまらないより、嗤われる方がましだと思っているからである。

反対に、デュソピウスはとても恥ずかしがり屋で、部屋の隅に身を隠す。人から見られるのはほとんど耐えがたいことで、人の目にその身をさらすことのないように、最初に目にとまった席を離れることは決してない。遠くから彼に会釈しようものなら、彼は震えあがってしまう。自分の声を聞いても動揺するのだから、自分の名前がくりかえされるようなことでもあれば、ほとんど卒倒してしまうだろう。

不敵なアネデスはきわめて好色な性情で、決して女性を好きにはならないが、その目が女性に問いかける。しばしばその対象に引き起こす混乱を意に介することもなく、その部屋にいる可愛らしい女性のだれにでも色目を使い、やるせなさそうに見つめる。自分の欲望を満足させるために彼が破ることのない道徳律は存在しないように、自分の欲望を伝えるために彼が違反することのない礼儀作法は存在しない。彼は女性の手を取ると、(より礼儀正しい女性なら許すことはないのだが、しぶしぶでも許してしまえば)、彼はその手を自由にもてあそぶ。さらに、少しでも面識があれば、きわめて公的な場所においても、彼には慎まなければならない馴れなれしさなどほとんど存在しない。セラフィーナは、アグロイカスの粗野な気質に何の印象も残すことはできない。彼女の資質も美しさも、彼から自己満悦を取り上げることは全くできない。彼女の可愛らしい脚が痛みを感じてもそのままにしておき、椅子を譲ったりはしない。一方、優しいリペルスは、長椅子をひっくり返したり、茶卓を倒したりして、扇や手袋を取ってあげようとするだろう。彼は、あなた自身のためにではあるのだけれど、思いやりのある親がわが子にするように強制する。つまり彼は女性の意思をすべて自分の思い通りに扱おうとし、一緒にいるときは立つか座るかの選択さえも許しはしないだろう。要するに、リペルスの押し付けがましい礼儀正しさは、多分アグロイカスの野蛮な無作法ほど不快ではないにせよ、同じように厄介ではある。

以上、公的な集まりにおいて同等の者に対してなされるよくある重大な過ちの多くを、それとなく語ってきた。というのも、すべてを列挙するのは冗長であるし、困難であろうと思うからである。またその必要もあるまい。なぜなら、この素描から、われわれは他のすべてをたどることができるかも知れないからである。その大部分は、ここで明らかにした詳細のいくつかから枝分かれしていることに気づくであろうと、私は信じているのである。

さて、私は今、最終地点にいる。目下の者に対する態度の考察である。この場合、謙遜を強く推奨してもしすぎるということはない。なぜなら、こちら側に逸脱するのは、反対側に逸脱するよりはるかに罪がないように、同様に、人間の自負心がわれわれを謙遜に向わせることは、はるかに少ないからである。なぜなら、われわれは自分の完全さは過大に評価しがちで、隣人の特質は過小に評価しがちになるものだが、かてて加えて、同様にわれわれは、モノ自体に高すぎる評価を置き、それを実際以上に重要な、互いの間の相違点として考えるものだからである。精神の質が、実は、互いの真の優劣を決める。しかし、これによって自負心が高まり、軽蔑心で膨れあがり、その結果、劣位の動物に対するように、同胞を見下すようなことになってはならない。しかし、出自という巡り合わせや富の獲得が、外面的な衣装飾りとあいまって、人を尊大にし他の人を見下して扱うようになる。これはあまりに不合理なことではあるが、少しでも日々の経験にあたってみれば、信じることができるであろう。

もし人が正当に評価され、いくつかの性質の優秀性によって等級に分類されることになれば、男女それぞれの最も低い等級は、おそらく人類の中のあの不面目な二種、いわゆる洒落者と貴婦人に割りあてられるのが妥当であろう。もしわれわれが精神の能力によって人を評価するなら、これらの者はどの等級に位置づけられねばならないか。否、身体の質が優越性を決めると認めるなら、運命の女神が最下層に置いた人たちのうちからどのくらいの数を、彼らより上の等級に位置づけなければならないか。もし衣装が唯一の称号ならば、猿でさえきちんと衣服を着せてやれば、必ずや洒落者と同じくらい高い地位にくる。しかし、もしかしたら、彼らはその生まれから来る威厳に挑戦しているのだと言う人もあるだろう。それは他に何も支えになるものを持たないときの、貧しく卑しい、見せかけの名誉である。これより他に優位を主張する根拠がない人たちは、これを恥じるべきである。まさに彼らは、自身の自負心の源泉にしている祖先の名誉を汚す者である。そして、彼らがもっぱらこれで幸せでいられるのは、並みの理解力さえ欠いているからである。それがあれば、己を軽蔑することになるだろう。

しかし、これらの者ほど人を馬鹿にした態度をとりがちな者がいるだろうか。私自身、「奥方様」と呼ばれている小さな雌を見たことがある。それは、存在の序列においては猫ほどの威厳もなく、社会においては蝶ほどの有用さもなかった。その物腰は貴婦人を思わせるかけらもなく、そのかんばせは最も放埓な放蕩者さえ興ざめしてしまうほどであった。その精神はオペラ同様、中身が空っぽで、身体ときたら病院よりたくさんの病気に溢れていた。私はこの「モノ」が、同性の鑑であり創造の誉れでもある、ある女性に対して、軽蔑心を表すのを見たことがある。

実のところ、称号を有する者が称号に伴う優越性を過小評価する危険性は、まずない。私は、称号に伴う優越性から、政府の方針が称号に対して割りあててきたあの敬意を取り上げたいわけではない。反対に、私はこれまで、この敬意に素直に従うことこそ育ちのよさの基本であるとしてきた。否、私が主張するのはただ、称号に敬意を払うことはさしつかえないが、東洋の君主が奴隷に対して示す侮蔑を超えるほどのものをもって人を扱ってはならないということだけである。最下層の人間をキリスト教の意味における同胞として扱うのでなく、そのような人を市民社会の序列において、われわれから一つ階層が隔たっていると見下し、同じ空気を吸うことさえまかりならぬとし、彼らとのほんのわずかな交流も、自分たちに加えられた侮辱や不名誉とみなすとき、それこそあまりに自分を高く持ち上げすぎである。これは、個人としての違いでなく、まさしく種の違いを考えている。不遜の極みであり、キリスト教社会においては不信心にあたり、貿易国家においてはきわめて不合理で馬鹿げたこととされる。

これで第一項目が終った。私は、育ちのよさを行動の面から扱ってきた。次に、言葉の観点から、育ちのよさを考察することにしよう。そして、いくつかの規則を提示しようと思う。これを守ることで、育ちのよい人は、行動だけでなく談話《ディスコース》においても、社会の幸福と安寧に寄与することになるだろう。

確かに、われわれが会話において享受できる最も高尚な楽しみには、自分とほぼ同等の理解力を持つ人びとの社会においてのみ、出会うことができる。しかし、この同等さは、非凡な才能と広範な知識を持つ人びとに、互いに洗練された考えを交換し合うという、より崇高な楽しみの享受を可能にするためだけに必要なのではない。同様に同等さは、社会の最下層まで連綿と下方に続く各階層のより下位の幸福にとっても必要なものである。たとえば、ソクラテス、プラトン、アリストテレスと三人の舞踏教師の間の会話を想定してみよう。踵へりくつ屋《ヒール・ソフィスト》たちは、哲学者たちと一緒にいて愉快に感じることなどほとんどありえないし、また哲学者たちにしても同様であろうことは、認めてもらえるだろうと私は確信する。

したがって、もし社会がこの同等さを基盤にして作られることになれば、大いに会話の改良と幸福のためになるであろう。しかし、この世界では、理解力の度合の違いによらない他の方法によって人は階層化され、その結果、理解力のあらゆる度合がしばしば同じ階層の中で出会うことになり、そして、必要によって頻繁に互いが交流しなければならないことからも、そのような理想郷的な企てが達成される可能性がないことは、きわめて明らかである。ゆえに、ここに存在するのは、社会それ自体における目に見えるけれど避けがたい不完全さである。

しかし、ここまでわれわれは、育ちのよさの精髄は人類の安寧と幸福に可能な限り寄与することであるということを根本原則としてきたので、同様に、この不完全さを最大限減らし、社会を少なくとも自分のできる限りある一定の水準に近づける努力をすることも、育ちのよい人の仕事となる。

さて、これを達成するためには二つしか方法がない。すなわち、低きを高めるか、高きを低めるかによる。

そこで、先に言及した全くかけ離れた一団が出会った場合を考えてみよう。二つの方法のうち、前者が非実際的であるのは明らかである。たとえば、ソクラテスには魂の性質にかんする対話を始めてもらおう。あるいは、プラトンには徳に備わる美について、アリストテレスには不可知の特質について論じてもらおう。あの舞踏教師たちは一体どうなるのか。彼らは驚いて互いの顔を見つめ合うのではなかろうか。十中八九、この哲学者たちを軽蔑の目で見るのではなかろうか。彼らはこのような付き合いに楽しみをおぼえるだろうか。あるいは、むしろ彼らは舞踏教室、または芝居小屋の楽屋にいる方を望むのではあるまいか。ならば、この哲学者たちは、彼らの高さまで上がることができない人たちのところまで、自らを低めること以外に何ができようか。

確かに、両者が話し合うことのできる話題はある。ソクラテスは和声について聞いたことがなかっただろうか。プラトンは美人の形象で徳を描いたのだから、物腰の優美さについて何かしら考えを持っていたのではなかろうか。また、アリストテレスは運動にかんする書物を著してはいなかっただろうか。要するに、多少真面目に言って、少なくとも互いが理解することのできる話題はたくさんある。

だから、セノドクサスのふるまいはいかにも馬鹿げて見えるにちがいない。彼は教養教育を受けたおかげで文学に長じており、普通の会話に、常に学識を示す話題を持ち出す。淑女の前では古典を語り、紳士の前ではギリシャの批評を語る。同席の客に対して、これ以上の侮辱があろうか。彼はこのようにして、彼らに対して優越感を抱き、彼らの時間を自分自身の虚栄心のための生贄とするのである。

賢明にも、ソフォロヌスの人あたりのよいふるまいは、これとは異なっている。彼は、知識の点でセノドクサスを上回っているのだが、同席の人たちがちんぷんかんぷんの事柄を持ち出すよりも、むしろ、取るに足りない事柄にかんする談話にも積極的に加わることができる。淑女たちに交じって流行や娯楽の話ができるどころか、地主たちの馬や犬の話題にも付き合うことさえできる。この紳士は最も高尚で深遠な点にかんしても議論できる能力を備えているのだが、同様に、扇、競馬についても話すことができるのである。そしてまた、自身が学者でない人は、世間の評判を知らなければ、ソフォロヌスの広範な知識を想像することさえできはしない。

この二人を並べて比べてみよう。セノドクサスは、他人からの称賛により己の自負心を満足させようとする。一方、ソフォロヌスは人が楽しむことしか考えない。セノドクサスと同席した人たちは皆、窮屈な気持ちになり、自分の知識のなさを嘆き、その退屈な集まりが終るのを首を長くして待つ。ソフォロヌスと一緒だと、皆が楽しい気分になり、そして、自分たちの知っていることも、ものわかる人が考えるに値する事柄だと知って心満たされる。称賛は、前者に対しては不本意ながら与えられるが、後者に対しては喜んで与えられる。前者は妬みと嫌悪と共に称賛を受けることになるが、後者は善意の甘い果実として、それを愉しむ。前者は閉め出されるが、後者は全員から求められる。

セノドクサスのこの行動は、われわれがひんぱんに目にしなければならないことを、ある程度、説明してくれるかも知れない。それは、しばしば、きわめて並の能力の人との交際の方が、より優れた才能を持つ人との交際より好まれるということである。世間の人びとは見かけよりもずっと賢く行動するものである。というのも、人間は称賛を与えることに対して後ろ向きなものだが、かてて加えて、理解の範囲を越える話題についての談話以上に、退屈で楽しみを欠くものがあるだろうか。それはちょうど知らない言語を聞くことに似ている。もしそのような交友が望まれるなら、それはわれわれの虚栄心のために払う犠牲である。われわれは、己の才能と知識について、こうした方法によって世評を高めることができるかも知れないと信じてしまうが、それは心地よい交際の自然の結果である、あのうきうきする喜びから得られたものではないのである。

ほとんど同じような方法で、この喜びを等しく壊してしまうごくありふれた過ちがもう一つある。喜びといっても、その源を才能と知識の真の卓越性に帰するものではない。ここで言うのは、一人二人を除いて残りの皆が全く知らないような、職業上の秘儀について話すことである。法律家が概してこの過ちを犯す。彼らは仲間うちだけの会話に閉じこもることが多い。このため、非常に気持ちのいい集いがだめになったことがある。その場にいた二人の紳士は、いろいろな種類の人たちが集まる娯楽目的の会というよりも、むしろ、裁判所にいるとでも思っているようだった。

しかし、その場の全員が話題を理解しているというだけでは十分ではない。一般的知識あるいは娯楽につながらないような主題にも同じように興味を持つべきである。こうした事柄を、個人の個々の不平不満や、あるいは不幸は言うに及ばず、私的な事情の話しの後に回してはならない。ある人の悩みを共有することは、通り一遍の知り合いには期待できない友情の程度である。そしてまた、会全体の気晴らしを犠牲にして、憐憫という慰めによって、弱く卑しい精神を満足させて喜ぶ権利はだれにもないのである。各仕事において下位の人やうまく行かなかった人が、概してこの過ちを犯す。彼らは大きな功績に見合う報酬を獲得しそこなったために、上の人を悪し様に言うことや、己の過酷で不当な運命を嘆くことを控えるなどめったにできはしないのである。

さらにもう一点。自分のことを会話の話題にすべきでないように、会話を独占してはならない。人は皆、他人の発言で自分が楽しむよりもむしろ、自分の発言で他人を楽しませたいと思う。別の言い方をすれば、人は皆、他人を楽しませているという意識によって、最も大きな楽しみをおぼえる。よって、それを狙う機会は皆に平等でなければならない。これは、剥奪されれば大いに憤りをおぼえるほどの権利である。そこで私が思い出すのは、いい奴と評判だったある男のことで、彼は酒を飲むため以外、皆の前で口を開けることなどほとんどなかったのである。だが、たとえ皆を楽しませることができても、いい奴という呼称が饒舌な人に与えられたためしはほとんどない。ただし、悪ふざけで皆を楽しませ、称賛と拍手と共に蔑視も甘受することによって埋め合わせをするというなら話は別である。

したがって、育ちのよい人は、自分に割りあてられた分以上に会話を独占することはしない。また、議論する際にも、後先なく気色ばんだり、あるいは、大声を出したりしない。というのは、同席者への報告と反対者の説得が彼の明白な動機であり、己の自負心に対する執着とか勝利への野望ではないからである。賢い人ならたとえこれらを心に抱いても、必ずや懸命になってそれを隠そうとするだろう。なぜなら、自分の虚栄心を公にするのは敵に己れの胸中を打ち明けるのと同じくらい馬鹿げていることなど、賢人なら心得ているはずだからである。敵の抜いた剣は自分の胸を狙っている。というのも、人は皆、短剣を手にしていて、相手の虚栄心を察知すれば、ぐさりと突き刺す構えなのだ。

ここまで、会話の楽しみは、同席者全員の理解力の水準に合わせた話題にかんする談話から生まれることを示してきた。つまり、皆が等しく興味を持っている話題であること、そして皆がその談話に参加するのを認められていることから生まれるのである。そして最後に、あらゆる騒音、暴力、性急さを注意深く避けることから生まれる。この社交的交流が提唱する爽快な楽しみを最も促すであろう話題の選択のために特別な規則を定めることは、一見、適切に見えるかも知れない。しかし、そのような試みは、その際限のない多様性から言って馬鹿げて見えるし、その性質には多分に独裁者的すぎる傾きがあるようなので、ここでは、こうした楽しみとは無縁で、われわれが社会から益を得るより、むしろ社会に害をなす傾向を持つ結果となりそうな話題は避けること、とだけ言っておこう。

まず第一に、私がここまである範囲内にとどめようとしてきた事柄、すなわち論争について触れよう。しかし、仮に論争が、人の集まりから、特に雑多な人の集まりや淑女たちも一員であるような集まりから、完全に追放されるようなことがあれば、それは幸福を増進することになるものと、私は信じている。論争はときに流血を伴い、一般に敗者の勝者に対する憎しみを伴ってきた。そしてめったなことでは説得を伴わない。冗談まじりの論争は、しばしばとても陽気な楽しみをもたらしはするが、ここでは説明から除外する。知識の伝播、仲間の啓発につながる、学問のある人たち(そのような人たちだけが出席しているとき)の間で交される真面目な論争にも、ここでは触れない。

第二に、中傷。これは、いかに頻繁に用いられようが、あるいは、いかに意地悪な性格の嗜好に合おうが、はなはだしく悪質である。それは、しばしば不当であり、中傷された人を深く傷つけるものである。そして、常に危険をはらんでおり、特に多様な人びとが同席する大きな集まりにおいてははなはだしい。そこでは、中傷された人に関係のある罪のない親類や友人を、それと意図せずに傷つけることがある。このようにして、この人たちはその侮辱に憤る権利も持たないままに、恥辱と混乱にさらされることになる。これについては、とても悲劇的な例がいくつかあった。またとんでもない例を私自身いくつか見てきたが、そのようにして傷つけられた人にとって、咎もないのにその誘因となった人の場合と同様、大きな苦しみであった。

第三に、国、宗教、職業にかんする一般的考察のすべて。それらは、常に不当である。仮に許容できる場合があるとすれば、自分の国をいくらかふざけて茶化す人の場合のみである。隣国にかんする皮肉を飛ばすことは、われわれの間では日常茶飯事のことである。これまでずっと隣国[28]の悪口を言ってきたのだからという、正当というより日常的な類の理由の他に、隣国を毛嫌いする理由をわれわれは持ってはいない。しかし、そうした一般的な風刺が真実にもとづいていないことは確かである。というのも、およそ他人には会得することを望み、友人ならば会得していることが必須であるようなよい資質を持ち合わせている、かの国《ネーション》の紳士諸君を、私は知っているからである。私はその国の紳士がなした当意即妙の応答を覚えている。それは最も辛辣な機知にあふれていたが、それを向けられた男は怒ることもできなかった。それほど的を射ていたからである。まずこの男が、この場のすべての人を痛烈に罵倒し、それに対して、その場にいた人たちのうちの一人が、とても冷静に答えたのだった。「私の国《カントリー》に対するあなたの悪口に怒る理由が私にあるのかどうかかりませんが、それと同様にあなたのほめ言葉を喜ぶ理由が私にあるのかどうか、自分でもよくわかりません。ただ、あなたは私たち皆を、あんなに手厳しく罵倒なさったことで、あなたが私たちの国の一員ではないことを明らかにお示しになったのです(29)」。これは相手をとても大きな笑いにさらすことになった。特にこの男の性格も非難の余地がないわけではなかったこともあり、彼の無作法な諷刺は十二分に罰せられたと思う。

第四は、神の冒瀆および宗教についての不敬な言及である。私はここで、ある人が神を信じないと公表することで、自分の理解力をいかに自慢しているかについては議論するつもりはない。そのような人は、自分とは異なる気質の人たちに対して、最も残酷な侮辱を与えるという危険を犯しているのだ。この説明だけで私の目的にとっては十分である。もし国王支持者が世俗の君主その人に対する不適切な言葉を耳にして大いに侮辱されたと感じるものならば、全能の神のような存在を心から信じている人は、神の御名《みな》、栄光、あるいは教会に対して示される不敬、または侮辱を、どれほど苦々しい思いをしながら受け取らねばならないか。現代の不信心な風潮、それも特に教訓や実例から人を信仰の道に導くことを急務とする人たちの間に多く見られる風潮にもかかわらず、宗教に対して心から誠実な尊敬の念を持つ人はまだ十分にたくさん残っているのである。だから、大きな集まりの中で、少なくともこの刻印の一つくらいは見つけることができると期待するのも道理ではあるまいか。

五番目に避けるべき点は、卑猥さである。誉れ高い女性ならすぐにも侮辱と受け取りかねない言葉をくりかえすことだけでなく、慎みを損傷するようなふしだらな考えを助長することも控えねばならない。もし若い女性が見せかけだけの慎みしか持ち合わせていないならば、その女性は好色家からも一顧だにされることはない。それとても彼の性格に繊細さというものがあればの話ではある。女性に苦痛と混乱を与えることが、いかに育ちのよさと矛盾するかは、十分に明らかである。したがって、品のない含みを持つ両義的語句、卑猥なしゃれは、女性の前では注意して避けねばならない。しかし、仮に女性たちが同席していなくても、この乱れた会話以上に下卑ていて、低級で、理性的な楽しみを生まないものはない。私自身、最も高尚で真面目な楽しみの一つに、冗談とかおふざけという発想が加わるとは想像もつきかねる。そして、そうした一興に疑念を投じるためにも、私は次のように発言せざるをえない。すなわちこれは、一般的に言って、不能に陥った機知の最後の手段であり、この世で最も低級で、愚かで、鈍感な人間の弱々しい精一杯のがんばりなのだ。

第六。過去の出来事の記憶を甦らせる可能性のある事柄、あるいは、現在の不運、または肉体的な欠点にかんして不快な思いを生じさせるかも知れないような事柄を故意に持ち出すことは避けねばならない。この規則を正しく守るためには、多分、相当の心の繊細さが必要であろう。しかし、育ちのよい人には絶対に必要なことである。私はこれまで、それを守らなかった例を無数に見てきた。多くは、怠慢と不注意が原因であると思う。しかし、自分が人より幸福で完璧であるとして勝ち誇りたいという悪意のある願望の中に、まさしくその原因がある場合もあるかも知れないと思う。さて、この動機が原因であるとき、それより犯罪的なことを想像するのは容易ではない。

この項目については、ほぼ同じ特徴を持つよくある過ちを犯さないように、育ちのよい読者に警告しておきたい。それは、ある特定の特質を、男女共に絶対に不可欠なものとして言及し、それが足りない人を非難し追い出すことである。これには、その欠点を自覚することのない人さえも皆、当惑する。私はかつてある粋を気取る野暮天が、女性の前で次のように断言するのを聞いたことがある。「美しさは女性の至高の理想である。美しさは、必要不可欠なものであり、それなしではどんな女性も一顧だに値しない」。これなどは、自分の欠点に少しでも思い当たった、その部屋に居合わせた人すべてを当惑させるのに、実に確実な方法である。

もう一つの過ちについて触れることにしよう。それは、話を切り出す際、同席の人たちのそのときの気分、あるいは、その集まりの理由について、適切な考慮を払わないことである。それにより、結婚式に葬送歌を歌い、葬式に祝婚歌を歌うような途方もない非常識を犯してしまうことになる。

以上、われわれが会話において陥りがちな主要な過ちのほとんどを数えあげたと思う。もしかすると、評言を加うるに値する点のいくつかを見落したかも知れないが、私がこれまで述べたことに対して注意を払えば、読者はそれらを見つけることができるだろう。少なくとも、今しがた規定した規則を厳密に守れば、われわれの会話はより完全になり、そこから生まれる喜びも今以上に純粋で無垢なものになるだろうと、私は確信する。

しかし、ある特定のおふざけについて批評しないままに、この主題を終りにしてはなるまい。もっとも、私はそれを会話から追放したいとは思わないが、それを制御するための抑制、導くための規則を必要とすることは確かである。読者は多分、何のことか推測がつくであろう。私が言っているのは、からかいのことである。これには、小犬とロバの寓話(30)をあてはめてもいいかも知れない。ある人の手になると、からかいは巧みさと礼儀正しさを伴って、われわれを楽しませたり喜ばせたりするが、別の人の手にかかると、それは、掻き、汚し、怒らせ、そして傷つけることになる。

会話の目的は人類の幸福であり、喜びと楽しみを招来する主要な手段である。したがって、人を困惑させせたり不満を感じさせたりしがちな、あるいは、嘲笑や軽蔑に人をさらしてしまうことになる要因は何によらず、この目的に貢献するものではないと私は考える。したがって、本論では、次のような種類のからかいについては省略することにする。すなわち、人を椅子から放り投げたり、水の中に落としたり、あるいは、おどけ者として通っている有名人たちに対して行われる手技による悪ふざけにかんするもの。(31)このおどけ者たちは、自分の××を代償に腹をいっぱいにし、そして、大物人物の葡萄酒と××の両方をちゃっかりさらって満足している。私はこのようなことは無視する。また、偉大な彼らの天才ぶりについてのあらゆる発言も省略する。彼らは、この種のおどけについては（この場合に言及しても不適切とは思われない場所である学校から、ある隠語表現を拝借してくるならば）、「達人」なのである。

しかし、そのような人たちには仲間うちで人間性を披瀝してもらうことにして、私の読者の育ちのよい人がからかいを目的にするときには、ペルシウス[32]が説明したホラティウスの優れた性格を薦めることにしよう。この難解な作者の作品を、今は亡き巧みな翻訳家[33]が以下のように上手に訳している。

しかし、鋭敏なホラティウスは、戯れの機知でもって、
友をからかい、噛みつきながらも、くすぐることができた。
友の心に近づきながら、その周りで戯れ、
そして優しく触れながら、その汚れた部分をチクリと刺した。
彼は、民衆を嘲笑ったが、優雅さをもってしたので、
見かけの完璧な無邪気さは、額面通り受け取られた[34]。

育ちのよさと両立するからかいは、ある弱点に対するやんわりとした批判である。それは、その場の人たちの中に笑いを引き起こすが、からかわれた当人の面目をつぶしたり、恥辱と軽蔑にさらすことはしない。逆に、冗談の対象になった人が、それがもたらしたさざめきに加わることができるほどに、その冗談は巧みであるべきだ。

したがって、大きな悪徳、不幸、精神もしくは肉体の公然たる欠陥はすべからく、からかいの題材としては不適当である。実際、そのようなことをほのめかすだけでも、悪態と侮辱にあたり、必ずや人に(その人が恥知らずで破廉恥でない限り)、苦痛と困惑を与え、他の同席した人たちすべてから、拍手の代りに軽蔑を伴って受け止められるだろう。

くりかえしになるが、相手の性格と質が考慮されるべきである。前者にかんして言えば、どんなからかいにも全く耐えられない人がいる。「私は、決して冗談を言わなかったし、またこれからも冗談を真に受けることはないであろう」と宣言した紳士を私は覚えている。実のところ、そのような人を仲間とすることを特に薦めはしないが、同時にまた、育ちのよい人は、全員の楽しみと幸せを顧慮するのであり、いかなる人であれ同席する人を困惑させるような勝手なことはしない。質とは、性別、地位、職業、暮らし向きを意味する。これについては、あまり細かく言う必要はあるまい。前者の二つにかんして言えば、総じて、淑女と目上の人に対してのからかいは、きわめて繊細で上品であるべきだ。後者にかんしては、上記で定めた規則をあてはめれば、それが十分な警告になるだろう。

最後に、だれの前でからかうのかについて考慮すべきである。人は、ある席上でからかわれたことを思い出すだけでも、心穏やかではいられないものだが、別の席上ならば、それを持ち出されても辛抱強く耐えるだろう。この件にかんする事例はわかりやすいので、言及する必要はない。要するに、からかいについての総括的原則は、次の有名な一行につきる。

どういうことを、だれについて、だれに向かって言うのかを、注意しなさい[35]。

さて、このような制限は、結果として、会話からあらゆるからかいを排除するものだと嘆く人がいそうである。そして、本当のことを言えば、それは、多くの人が賢明にも使うのを完全に差し控えるべき武器なのである。なぜなら、それは鈍ければ鈍いほど、災いをもたらす武器だからである。したがって、最も鋭い機知は、自由自在に使えてこそなのだ。というのも、きわめて軽い感触だけが許されるのである。あたかもシェイクスピアの言う、「猟犬のために、死肉を切り刻む[36]」のように、ずたずたに切ってはいけないし、打撲傷を与えてもいけない。

機知は鋭いだけでは十分ではない。最大限の優しさと善良さと共に用いられなければならない。剣闘士の技の冴えは、深く喉をかき切ることなく仕留める能力によって明らかになるが、このことはからかう人にもあてはまる。傷を与えるよりむしろくすぐることだ。

実のところ、真のからかいというものは、第一に、ちょっとした過ちにつけこむことからなる。この過ちは、非難する人もあるかも知れないが、実際にはその人の汚点とはみなされなくて、その場の笑いの種になる。たとえば、酒を飲みすぎるとか、女にだらしがないというようなことである。

二番目に、真のからかいは、本当はよい資質を恥ずかしいことでもあるかのように、おもしろおかしく表現したり、よい資質を悪い資質として冷やかしたりすることからなる。そういうわけで、寛大さが浪費として扱われるかも知れないし、倹約が貪欲として、真の勇気が無鉄砲として扱われるかも知れない。他についても同様である。

最後に、真のからかいは、悪徳や短所を持っていないとして知られている人を、その悪徳や短所を持っているとして笑うことからなる。よって、アーガイル氏の臆病、チェスターフィールド氏の愚鈍、ドディントン氏の無作法は、相手を傷つける危険性もなく攻撃することができるだろう。また、リトルトン氏(37)を、いかなる悪徳あるいは愚かさであれ、それを持っているとして非難することもできるだろう。

そして、こうしたからかいの範囲が、ある人たちの目にはいかに制限されているように見えるにせよ、巧みな機知に富んだ人の手にかかれば、このように制限されたからかいこそ、その場の全員にとって、あたりさわりがないだけでなくきわめて愉快な余興にもなることを、私は知っている。以下の二点の省察をもって、この小論をしめくくることにしよう。それについては、ここまで述べてきたことから、明確に推論できると思われる。

第一は、他人を犠牲にして、自らの性格の悪さ、あるいは虚栄心を甘やかす人、また、いかにその人が立派で、あるいは高い位にあっても、社会に困惑、心痛、混乱をもたらして満足している人は、すべからく、どこまでも、育ちが悪い。

第二は、他人の陽気な気分、幸福を増進するために、そして知人全員の安逸と慰めに寄与するために、気質、あるいは理解力のよさから、最大限の努力を惜しまない人は、たとえ微賤の者であっても、あるいは容姿または物腰が冴えなくても、言葉のまさに真の意味において、育ちのよさの資格を有している。

フィールディング自身による注

原注1　ここで言及されている論考はまだ出版されていない。
原注2　バッキンガム公爵 (The Duke of Buckingham)。

訳注

（1）マルクス・トゥッリウス・キケロ Marcus Tullius Cicero（前一〇六—前四三）『占いについて』*De devinatione*（前四四）第二巻五八章一一九節。キケロはローマの政治家、文筆家、哲学者。

（2）ジェームズ・ハリス James Harris（一七〇九—一七八〇）のこと。彼の『三つの論考』*Three Treatises*（一七四四）に収められている「幸福について」'Concerning Happiness: A Dialogue' をさす。この論考は一七四一年に執筆され、フィールディングは、草稿を読んでいたと推測される。ハリスは、ソールズベリに住む古典学者で、フィールディングが最も信頼していた友人の一人。ソールズベリには、フィールディングの母方の祖母の家があり、また、彼の最愛の最初の妻シャーロット・クラドック Charlotte Cradock の実家もあった。

（3）当時流布していた偏見。

（4）バッキンガム公爵が、プロローグとコーラスを加え改編した、ウィリアム・シェイクスピア William Shakespeare（一五六四—一六一六）『ジュリアス・シーザー』*Julius Caesar* 第一幕と第二幕の幕間のコーラス（『ジョン・シェフィールド・・・バッキンガム公爵作品集』*The Works of John Sheffield ... Duke of Buckingham*［一七四〇、第三版］第一巻二四一頁）からの引用。初代バッキンガム公爵、ジョン・シェフィールド John Sheffield, 1st Duke of Buckingham（一六四八—一七二一）は、イギリスの政治家、詩人。第三代マルグレーヴ伯爵、ノーマンビー侯爵のちにバッキンガム公爵に叙された。
（5）最も有名な、会話を中心とする社交にかんする指南書の一つに、ピエール・オルティーグ Pierre Ortigue の『会話における人を楽しませる術』*L'Art de plaire dans la conversation*（一六八八）がある。フランス語の原文を添えた英訳書（一七三五）も出版された。
（6）「マタイによる福音書」第七章一二節、「ルカによる福音書」第六章三一節。
（7）たとえば、ヘンリー・ハモンド Henry Hammond（一六〇五―一六六〇）『新約聖書全注解』*A Paraphrase and Annotations upon All the Books of New Testament*（一六五三）四二頁や、ダニエル・ウィットビー Daniel Whitby（一六三八―一七二六）『新約聖書注解』*A Paraphrase and Commentary on the New Testament*（一七一八、第四版）第一巻七九―八〇頁。
（8）『スペクテーター』*Spectator* 一六九号（一七一一年九月一三日号）に次のような一節がある。「この世で、性格の良さ (Good-nature) なしで維持できる社会 (Society) または会話 (Conversation) というものはない。・・・このため、人間は一種のうわべだけの人間性 (artificial Humanity) を造りあげねばならなかった。これが、われわれが、育ちのよさ (Good-Breeding) という語で表現するものである」。
（9）クィントゥス・ホラティウス・フラックス Quintus Horatius Flaccus（前六五―前八）『書簡詩』*Epistularum* 第一巻第六書簡一五―一六行。ホラティウスは、ローマの詩人。
（10）タルクィニウス二世 Tarquinius II（生年不詳―前四九八）は、傲慢王と呼ばれた古代ローマ七代目の王。彼の追放後、ローマは共和政となる。
（11）ルキウス・アナエウス・フロルス Lucius Annaeus Florus（七四頃―一三〇頃）はローマの歴史家。引用部分は、『ローマ史概要』*Epitomae* 第一巻第一部七章四。
（12）第四代チェスターフィールド伯、フィリップ・ドーマー・スタンホープ Philip Dormer Stanhope, 4th Earl of Chesterfield（一六九四―一七七三）。イギリスの人文主義者、政治家。原文は、the Earl of C— と伏せ字。

（13）第三代シャフツベリ伯、アントニー・アシュリー・クーパー Anthony Ashley Cooper, 3rd Earl of Shaftesbury（一六七一―一七一三）は、イギリスの人文主義の哲学者。引用部分は、『熱狂にかんする書簡』*A Letter Concerning Enthusiasm*（『キャラクタリステックス』*Characteristics of Men, Manners, Opinions, Times*［一七三七、第六版］第一巻三五―三六頁）。

（14）育ちのよさを一種の礼道と考え、その門弟という意味。以下、フィールディングは、架空の人物を登場させて、育ちのよさ、儀礼のあり方について具体的に説明する。

（15）原文は、**B—y-House** と伏せ字。**Bawdy-House** のこと。

（16）ロンドンのシテイの西側の境界にあたる門。「テンプル・バーの狭い入口で」"on the bottleneck at Temple Bar"という当時の表現を受けて、本文では酒瓶 (bottle) の話題と関連を持たせている。

（17）ピーター・ウォルター **Peter Walter**（一六六四？―一七四六）は、ニューカースル公爵家の所領管理人。金貸しで蓄財したことで有名だった。その強欲さと卑俗さは、当時盛んにからかいの対象にされた。フィールディングの小説『ジョウゼフ・アンドルーズ』*Joseph Andrews* 第一巻一〇章に登場するピーター・パウンスのモデル。原文は、**P—W—** と伏せ字。

（18）バースはサマーセット州の温泉町。上流階級の社交の場であった。一八世紀当時、温泉水は一種の薬用飲料水として利用されていた。

（19）オンバーは三人で行うトランプゲーム。ホイストとカドリルは四人で行う。

（20）アレクサンダー・ポープ Alexander Pope（一六八八―一七四四）は、イギリスの詩人。代表作に、『批評論』*An Essay on Criticism*（一七一一）、『髪の強奪』*The Rape of the Lock*（一七一二）、『愚者列伝』*The Dunciad*（一七二八―一七四三）、『人間論』*An Essay on Man*（一七三三―一七三四）がある。

（21）エドワード・ヤング Edward Young（一六八三―一七六五）は、イギリスの詩人。代表作に、『名声欲』*Love of Fame*（一七二五―一七二八）、『夜想詩』*Night Thoughts*（一七四二―一七四五）がある。

（22）ジェームズ・クィン James Quin（一六九三―一七六六）は、デイヴィッド・ギャリック David

Garrick（一七一七—一七七九）が一七四一年にリチャード三世役で衝撃的なデビューを飾るまで、ロンドンのスター役者であった。
（23）ウィリアム・ホガース William Hogarth（一六九七—一七六四）画家、版画家。一七三〇年代からのフィールディングの友人。
（24）「ルカによる福音書」第二三章三四節。
（25）『ガーディアン』*The Guardian* 第六一号（一七一三年五月二一日号）は、「生きている海老を焼いたり、子豚を鞭打って殺したり、鳥を無理に太らせる」という料理法を大食の残酷な例として挙げている。
（26）チェスターフィールド伯のこと。前出注（12）を参照。
（27）当時ロンドンにいた見世物用の巨人のこと。
（28）アイルランドをさすと思われる。『チャンピオン』*The Champion* 一七四〇年三月二九日号でフィールディングは、アイルランドに対するイングランド人による不当な中傷を話題にしている。
（29）発言者不明。
（30）『イソップ物語』にある寓話。ある男が子犬を可愛がっていた。同じ家に飼われていたロバは子犬を羨んで、子犬がするように主人に抱きついて甘えてみたが、反対に棍棒で打ちのめされたという話。
（31）××は原文では伏せ字で、Br—ch および P—ss である。おそらく前者は、Breech（臀部、糞尿を表す隠語）、後者は、Puss（女を表す隠語）があてはまる。
（32）アウルス・ペルシウス・フラックス Aulus Persius Flaccus（三四—六二）はローマの風刺詩人。
（33）トマス・ブリュースター Thomas Brewster（一七〇五—没年不詳）。一七四一年にペルシウスの『諷刺』の英訳、*The Satires of Persius, Translated into English Verse: With Some Occasional Notes: Satire the First* を出版。
（34）これは、ペルシウス『風刺』*Saturae* 第一歌一一六—一一八行の英訳である。ブリュースターの英訳書では二四頁。フィールディングの原文では、ペルシウスのラテン語詩行と、ブリュースターの英訳が共に引用されている。

(35) ホラティウス『書簡詩』第一巻第一八書簡六八行。フィールディングの原文ではホラティウスのラテン語詩行のみ引用されている。

(36)『ジュリアス・シーザー』第二幕一場一七四行。

(37) アーガイル氏は、第二代アーガイル公ジョン・キャンベル John Campbell, 2nd Duke of Argyle（一六八〇―一七四三）。スコットランド貴族にしてイギリス軍人。チェスターフィールド氏については注（12）を参照。ドディントン氏は、ジョージ・バブ・ドディントン George Bubb Dodington（一六九一―一七六二）、イギリスの政治家。リトルトン氏は、ジョージ・リトルトン George Lyttelton（一七〇九―一七七三）、イギリスの政治家、芸術保護者。フィールディングのイートン校時代からの友人。この四人については、その勇気、機知、礼節、善良さが広く知られていた。フィールディングは「真の偉大さについて」の詩においても、この四人の資質を称えている。原文では、*A—le, Ch—d, D—ton , Lyt—n* と伏字になっている。

人の性格を知ることについて

しばしば、私が、人間性の大いなる堕落《ディプラヴィティ》の憂鬱なる一例ではないかと考えてきたことがある。それは、かくも多くの人たちが最大限の能力をつぎこんで、巧妙で狡猾な一部の人間が他の人たちをだますことになりかねない仕組みを考案しようとしてきた一方で、純粋で何の野心も持たない人たちの擁護者として立ち上がり彼らを詐欺から守ろうとした人は、ほとんどいないか、あるいは全くいなかったということである。

人間一般について、こういう性質の動物であるとか、ああいう性質の動物であると断言する人は、人間性について十分に学んできたようには思えない。というのも、風土、宗教、教育を同じくする人びとの間でさえ、その性格に大きな違いがあることはあまりに明白で、詩人が次のように言うことも十分に許されていると思うのである。

人と人の間の違いは、人間と動物の間の違いよりも大きい(1)。

もしこのような相違が存在する根源的根拠が自然自体にないというのであれば、性格の多様性が存在することはまずありえないだろう。樹木の特質について、この樹木はこれこれの年数茂るだろうとか、このような土壌を好むだろうとか、あのような実をつけるだろうと断言する方が、人間を一般化して、良い、悪い、激しい、おとなしい、正直だ、ずる賢いと断言するより、おそらくより適切であろう。

この根源的な違いだけが、善や悪へ向かうあの早い時期の強い傾向を説明すると思う。すなわちそれは、第一幼少期の子供たち、そして次に、規則によっても人為的に得た習慣によっても、自分の本性を改めることなどなかったと考えられる無知蒙昧な野蛮人たち、そして最後に、同じ教育などを受けたのだから、本性を同じように導いたであろうと思われる人たち、こういう人たちにおける異なる性質を識別可能にする。私が先に暗示したように、これらの人たちすべてに、傾向または性格の違いがきわめて明白に、また極端なほどに存在しているので、われわれは、ある人の本性、あるいは魂の中に、別の人のとは区別される、ある後天的でない、根源的な相違を認めざるをえないのだ。

したがって、人間は欺瞞的動物であると一般化して主張しなくても、子供や野蛮人の何人かの行動に欺瞞の例を求めることができると私は確信している。よって、この特質が教育によって育成され高められるとき、われわれは徳を育てるよりも、むしろ悪徳を隠すことを教わるのであり、また、この特質が政治家の教えを吸収し、「成功の術」(2)の中に取り入れられるとき、時に目にするあの異様な高さまで育つとしても、不思議ではなかろう。この「成功の術」は、あのストア派の教えとは正反対のものである。かつてはストア派の教えに従って、人は世界の同胞市民として自らを認識するよう教えられ、自分自身の個人的な栄誉でなく共通善《コモン・グッド》のために協力して働くように教えられた。一方、前者はそれとは正反対で、各人にそれぞれ独自の個別の強みがあり、その強みのためには他人の利益を犠牲にしてもよいと言う。それを最高善とみなして、全力を傾け追い求め、手段を問わず獲得すべきだと言う。この高貴な目的がいったん定められると、すぐさま欺瞞が必要な手段となる。というのは、理性的能力に恵まれ自由の状態にある人間なら、愛情や友情という動機がなければ、自分の利益を他人の利益のために無条件に犠牲にすることを快諾するなどありえないからである。まず他人につけこみ、あなたのためになるよう計画していますとか、これらの計画に加われば勝者になりますとか言って、人を説得することが必要になってくる。その実、その人の破滅を計算に入れているのである。そして、これが、もし私が間違っていなければ、「政治術」(3)と呼ばれるあの卓越した芸の、まさに真髄である。

このようにして、ずる賢く腹黒い一部の人たちが、自分の利益だけを考慮に入れて、常に他人につけこもうと懸命になっているうちに、世の中全体は巨大な仮面舞踏会と化す。大多数は仮面や仮装で登場し、ごく少数のみが素顔を露わにし、そうすることで残りの人たちの驚愕と嘲笑の的になる。

しかし、仮面舞踏会の参加者がどんなに巧妙に変装しても、どんなに年齢、身分、暮らしぶりを偽っても、綿密に観察すれば、正確な観察者の発見を免れる者はめったにいない。なぜなら、自然の女神は、不本意ながら詐欺師に屈服しても、自らの正体をいつか明かそうと常に努めているからである。枢機卿も托鉢修道士も裁判官も、大酒飲みであるか、賭博師であるか、はたまた放蕩者であるかをそう長く隠すことはできないのである。

同様に、より大きな舞台で使用されるこうした変装も、もしわれわれが探索に十分な勤勉さと注意をもってすれば、概して消え失せるか、あるいは本当の性格の代りに偽りの性格をわれわれに押し付けるのに役に立たないことが明らかになるだろう。しかし、こうした発見はわれわれにとって測り知れないほど大きな重要性を持つが、多分すべての人が同じように発見できるわけではないので、敢ていくつかの規則を決めておこう。その効力（それを不謬性と呼んでいいと私は思うが）については、すでに私自身が経験済みである。そして、この問題にかんして教えを求めたり、受けたりすることを恥ずかしく思う必要はない。なぜなら、屈託のない性質は、正直で廉直な心を最も確実に示すものであって、狡猾さや欺瞞によってつけこまれやすく、主としてこの発見には向いていないからである。

もし読者が、この小論の中にこれまで聞いたことのない知見を見つけることがなくても、どうか怒らないでいただきたい。一般道徳律以上に明白な、あるいはよく知られているものはない。それでもなお、何千もの人たちは、われわれにそれを思い出すようにと、また実行に移すようにと背中を押してくれているように思われるのである。しかし、読者諸氏の中には、この主題について私が教える立場にない方々、少なくとも私から教えを受けるよりも、むしろ教える方が適している方々がたくさんおられることは心得ている。多分、この小論は若くて経験の少ない人たち、より率直で、正直で、親切な人たちに何かの役にたつ可能性はあるかも知れない。なぜなら、そうした人たちは無知や不注意から、あの偽善という名の忌まわしい悪魔の邪悪なもくろみに、日々さらされているからである。

したがって、これ以上前置きはせずに、自然が与えてくれていると思われる、精神《マインド》の病についての診断法のあれこれに話を進めたい。身体の病については、それを発見するために自然が多くの労をとってくれていることは、すでにわかっているからである。まず第一に、「見かけを信頼してはならない (*Fronti nulla Fides*)」(4) という古くからの格言が一般によく理解されているかどうかは疑わしいと思う。その意味は普通、「顔に信頼を置くべきではない」だと思われている。しかし、ユウェナリスの文脈はどうであろうか。

・・・*Quis enim non vicus abundat*
Tristibus obscenis?

・・・厳格な放蕩者で
溢れていない場所はどこか。(5)

私は、厳格な顔つきが心の純粋さのしるしにはならないことを認めるにやぶさかではない。あるいは、むしろその反対のしるしであろう。しかしこの風刺家に、格言にまでなったこの一文によって、アリストテレスのような賢人がそれについて論文を書く(6)のが妥当と考えた技の価値を下げるつもりなど、全くなかったことは確かである。

自然が親切に提示してくれる徴候を、われわれはほとんどの場合、誤認しているというのが真相である。非常に速い脈拍が健康であることを示す確かなしるしであると結論づけてしまう内科医同様、われわれも大きな誤りを犯すのである。しかし、同業の医師たちならきっと、腕のいい鋭敏な観察者であっても脈拍から患者の病気についての情報を得ることはできないと結論づけるのではなく、むしろ、この誤診を担当医本人の嘆かわしい無知に帰するであろう。

同様に考えるに、人間の情念は通常、顔に十分なしるしを刻む。そして、人相学が世間でほとんど利用されず信用されていないのは、主に観察者の技の欠如によるのである。

しかし、もしこの問題にかんして広く流布している数少ない規則が完全に間違っていて、真実と正反対であることを認めるならば、この論究でわれわれが誤りを犯したとしても何ら不思議ではないだろう。このことは、もしいくつかの事例を検討することを厭わなければ、明らかになるだろう。まず、先にとりあげた詩人が挙げている厳格さにかんする例から始めよう。詩人が示しているように、厳格さは、純潔、あるいは品行方正を示すものとされているが、真実は、これもまた詩人が示しているように、その反対なのである。

われわれの間では、この厳格さ、あるいは表情の厳粛さは、気取りと同様、賢明さとして通っている。わがシャフツベリ卿は、厳粛さはぺてんの本質である、と言っている[7]。私は、厳粛さは愚かさを示すと敢て言うつもりはないが、際立って厳粛な、世にも愚かな輩を数人知っている。厳粛さが示す性情、その下に宿る察知し損ねることはめったにないその性情は、自負心、性格の悪さ、ずる賢さである。三つの特質が一人の内に備わっていると知れば、これ以上、何かを見つけたいと思う理由はない。できるだけその人と関わらず、また慎重に関わることになる。

しかし、しばしば世間はこうした外見に対して、敬うに値しないのに敬意を払う。それは愛よりもむしろ称賛を集め、信用よりもむしろ畏れをわれわれに抱かせる。それとは正反対の種類の顔の表情がある。それは「推薦状」と呼ばれてきた。それによりわれわれは腕を広げて毒を受け入れ、あらゆる種類の懸念を取り去り、警戒心を解くのである。私が言っているのは、あの媚びた愛想笑いのことである。大方の人はこれを非常に好む。善良さのしるしと思いこむからなのだが、大概は悪意と欺瞞の混じり合ったものであり、ちょうど奔馬性の脈拍が高熱を表すのと同じくらい確実に、性格の悪さを暗示している。

人は主としてこの手の欺瞞にだまされてしまう。それは、上機嫌を善良さと間違えるという、違いは明らかなのにありがちな間違いによる。この二つの特質はお互い似ても似つかないもので、ほとんど正反対のものである。善良さというのは、人の不幸に感じ入り、人の幸福を喜ぶような、慈悲深く、優しい気質のことである。その結果として、幸福を増し、不幸を避けるように仕向けるものである。それは、徳の美についての抽象的な思索や、宗教の魅力や恐怖を必要としない。さて、上機嫌は、自分の幸福について考えた際の勝ち誇った心に過ぎない。そしてそれは多分、他人のより小さな幸福と比較したことから生まれるのだ。

こう言ってよければ、主たる構成要素が悪意である愛想笑いは、上機嫌の徴候であると認めてよいと思う。さてここで悪意という言葉の定義をすることをお許し願いたい。というのも、この語が日常使われるときしばしば嫉妬と混同されて、普通の読者にはこの二つの言葉の間の違いがそれほどはっきりとはわからないだろうと思うからである。しかし、嫉妬が自分自身と比べて他人の幸福に不満を抱くことであるのに対して、悪意は、同じ比較で言えば、人の不幸をうれしがることである。だから、さきほど上機嫌の項で説明したあの意地悪な性質に、きわめて近い類似性を持っているように見える。シェイクスピアの次の観察ほど的を射ているものはない。

人は微笑み、微笑んでいるけれど、悪党なのかも知れない(8)。

しかし、この顔の表情は、キリスト自身が最もその完璧な例であるあの魂の天上的な姿から、なんとかけ離れていることか。かの祝福された人については、この世におられたとき一度も笑ったところを目撃されたことがなかった、と記録されているのである。はたして一体、善良さはにこにこした顔の表情と何の関係があるというのか。それは吝嗇家の手の中の財布のようなものだ。使うことなどありはしない。人間の悪と愚かさを笑うことは全く罪のないことであるのを認めるにせよ(われわれが認めるべき以上に多分そうなのだが)、それにしても、悲惨と不幸は笑いの対象ではない。そして、これらで「溢れていない場所はどこか(9)」。世界はこれらで満ちているのだから、真に善良な人を笑いより涙の方に向かわせない日はめったにない。

ホッブス氏は言う。笑いは自負心《プライド》から起こり、善良な情念であるはずがないと(10)。私は、笑いのすべてを厳しく咎めるつもりはない。というのも、悪と愚かさに向ける笑いに限れば、その対象者に対する残酷な仕打ちなどではなく、むしろ本人にとって良い結果を伴うかも知れないからだ。しかしそれでも、笑いの動機を入念に探ってみれば、善良さから生まれたものでないことがわかると思う。しかし、動機は精神の最初の作動の一つであるが、それに注意を払ったり、あるいは、それを発見する能力のある者も実際ほとんどいない。また、われわれが他人の内に自分にはない欠点を見て喜ぶのは自己愛が理由であるが、相手の内にいくらかでも不幸の影を見てまず同情するなら、善良な心の中では笑いはすぐさま消えるだろう。たとえば、着飾った人が通りのぬかるみで転んだとしよう。この出来事に笑わない人はごくわずかだと思う。さて、この笑いは発作的な歓喜でなくて何だろうか。その不運な人の場合と比較してわが身の幸福を思うことによって起こるのである。性格の悪さが漂う喜びである。しかし、これはそうした笑いの最初の、いわば自然に起きる類いの魂の動きであるから、先ほど述べたように、それに注意を払う人はほとんどおらず、また誰も防ぎようがないのである。よって、当然のことながら、この笑いは人の性格を構成しているわけではない。笑われた人が経験する当惑について考えるとき、善良で繊細な心の中では、笑いは同情へと形を変え始める。そして、この後者が作用するにつれて、われわれは多かれ少なかれ善良さを持つと言ってもよいかも知れない。しかし、もし激しい打撲傷、あるいは骨折といった致命的な結果がその転倒に伴うとき、まだ笑い続けている人がいるなら、人に烙印を押す言葉のうち最大級の卑劣さを表す呼び名を与えてもよいだろう。

以上述べてきたことから、次のように結論してもよいと思う。顔に現れた、常に落ち着いた媚びた愛想笑いは、とうてい人のよさを示しはしないので、自信を持ってその正反対を保証するものとしてよいだろう。

しかし、あの人好きのする、率直な、穏やかな、快活な表情を考慮しないで、私が語ろうとしているのと理解しないで欲しい。その表情はやましさのない心の結果であり、優しい心の発露であり、またこの両方を示す絶対確実なしるしであり、それは、芸術の最も繊細な力によっても、それに相当する類似物をもってしても似せることができない、何よりも頼りになるものであると私は確信している。

私には、あの正直で、心温まる、かん高い笑い声に対して眼識がない。この笑いは参事会員や郷士の腹を、何のしゃれも冗談の刺激もないのに揺らす。これは主に満腹感から来るもので、（おかしいと思われるかも知れないが）愚鈍と呼ばれる、とても優しく、不快感を与えない特質の徴候である。愚鈍ほど人を笑わせるものはない。ポープ氏が次のような気の利いた言い方をしている。

優しい愚鈍の女神は冗談を愛する。(11)

すなわち愚鈍の女神自ら発する冗談の一つのことだ。これは時に足を使って行われる。たとえば、頭や椅子、卓を飛び越えたり、臀部(12)を蹴ったりして。また時には手を使って行われる。たとえば、平手打ちをしたり、鬘を引っ張ったり、具体的に例を挙げるのは飽きあきするほど、無数の器用な技を使って行われる。また時には声を使って行われる。たとえば、やじったり、歓喜の雄叫びをあげたり、陽気な（すなわち、退屈《ダル》な）一節を、陽気な（すなわち愚鈍《ダル》な）仲間と歌ったりして。

最後に一言付け加えたい。私は、くすくす笑いとか、しのび笑いなどさまざまな女性の笑い方をあてこすっているのでは断じてない。実際、この小論は女性には全く関係がない。女性の性格を知ることは、私の意図する目的とは無関係である。それどころか、私の専門とする分野ではない。
私がこれまで描写しようと努めてきた、人の表情を構成する微笑、あるいは冷笑は、これらの笑いとは極端に異なるものだ。しかし、すでにかなりの時間をかけて論じてきたし、また読者が間違えることもなさそうだと思われるので、次のホラティウスの詩行の一部を引用することにより、この徴候に対して読者に注意を喚起するのはやめることにする。

あの男は腹黒いから、気をつけよ。(13)

「見かけを信頼してはならない」というあの格言が一般に誤解されていることを最も明白に示す例として、ある一つの顔がある。それは猛々しい表情である。厳粛が知恵を示し、微笑が善良を示すのと同じように、これは勇気を示すとされる。一方で、われわれは経験から正反対であることを知っているし、概して、それは弱い者いじめのしるしとして理解されている。
さすがに、この小論の冒頭で私が提示した説が思い出されることは、私もわかっている。すなわち、「自然は身体の病と同様、精神の病の確かな徴候を示してくれる」。これは、私が前段で言ったことと矛盾するように見えるかも知れない。真実はこういうことである。自然は人の顔に十分な目印を実際に刻印して、正しく識別する目に知らせる。しかし、ごく少数の人しかそうした鑑識眼を持たず、大概の人は気取りを真実だと勘違いするのである。というのも、気取りはいつも大げさで、舞台上の笑劇の役者のようだからである。その奇怪で度を越したしかめつらは、確かに感受性の鈍い観客の称賛を浴びる。その一方で、真実の繊細な自然の筆法は判断力のある本物の役者によって表現されるのだが、観客には気づかれず、無視されたままである。同様に、他より繊細で、目立つことのない真の徴候は、われらの人相家には印象を残さない。かたや、気取りの粗野な外見は必ず人相家の目を引き、その判断を惑わす。こうして、理解力のほぼ確かな証であるあの活発で鋭敏な表情、常に善良さを示すあの大らかで落ち着いた晴朗さ、勇気を伴わないことなどない燃えるようなまなざしは、しばしば見過ごされてしまう。一方、格式ばった堂々とした厳めしい威厳、お世辞たっぷりのおもねるような笑みや筋肉の収縮は、見せかけであっても、世間では一般に徳として通用するのである。

しかし、これらの規則に例外のないものは一つもないと思う。また、それらは洞察力に優れた観察者以外にとっては何の役にも立たない。最後に一言付け加えれば、より巧みな偽善は、時々、最高度の識別力を持つ人からも見つけられないままのことがある。以上の理由から、人間を知るためにわれわれを導いてくれる、もっと確実な手引きがないか見てみよう。より簡単に手に入れることができて、その有効性を確実に信頼できるような手引きはないだろうか。

確かに、人間の行動は、その人の思考を解釈するのに最も正当なものであり、人を判断するのに最も適正な基準であるように見える。「あなたがたは、その実で彼らを見分ける」(14)とは、大いなる知恵と権威の格言である。そして、実際、これは私が求める知識を得るためのきわめて確実な方法であるから、一見して絶対に完全で、いかなる手助けもいらないように見える。

しかしながら、この点にかんするわれわれの過ちに二つの原因がある。たとえ人間の行動が真正面からわれわれを見つめ、われわれが見抜くことができるようにと、いわばロウソクで照らしてくれているかのようでも、この二つの原因によって、われわれは人間について非常に誤った判断をしてしまうのである。

その一つ目は、行動とは反対の本人の言葉を鵜呑みにするときである。これは（医学上の今一つの例を借りれば）、患者が極度に危険な状態にあると気づいているその道の権威筋の教授が、自分は元気だと言う軽はずみな患者の言葉を鵜呑みにするのと同じくらい馬鹿げている。この誤診はきわめてありがちなもので、そのあまりの馬鹿ばかしさゆえに、われわれはその可能性を信じてしまうほどである。そして、他人の主張を信頼してしまったがために身を滅ぼしてきた人も数多いが、もし、より賢明に、自分の行動に信頼を置いていたならば、身を保ったにちがいないのである。

二つ目は、一つ目よりもさらに一般的な誤りである。これは、人の行動の特色を、目に見える傾向からでなく、世間の評判から判断するときに生じる。自分の目で見た行動とは正反対なのに、その人について他の人の言うことを信じるのか。事実を信用せず、または事実の極悪さについて正当な判断をせず、その人の威厳、あるいは正直さの評判に、われわれはいかにしばしばだまされることか。「彼がそんなことをするなんてありえない。彼は誤まってそうしたのにちがいない。彼がそんなことを企むはずがない。彼についての悪口を、私は決して信じない。あんないい人が」などという叫びがいかに日常茶飯事であることか。実際は、その間違いは、彼の性格の中にのみある。世評ほど、人間を判断する方法として単純、不当、不十分なものが他にあろうか。世評は、本当の価値からよりむしろ、偽り、贔屓、偏見といったものから得られることの方が多い。思い切って次のように断言しよう。友人を破滅させるのをためらわない「この世で最もいい人」（ありふれた表現を使えば）を、私は何人か知っている。また、友情や慈悲心から最も高潔な行為をなすことができる「だれも話しかけないような奴」も、私は知っている。

さて、人の真の性格を十分に知りたいと願うなら、これら二つの誤りを排除する必要がある。行為は最も優れた解説者である。犯罪には、裁判官が刑罰を軽減するのが妥当であるような、情状酌量の余地があるかも知れない。たとえばその動機。放縦あるいは虚栄と比べれば、貧窮は盗みの罪を軽くするかも知れない。あるいは事実そのものに付随するいくつかの状況。たとえば、友人または恩人に対して盗みを働く場合と比べて、赤の他人、あるいは敵に対して盗みを働く場合である。しかし、やはりその罪は盗みであり、盗みを犯した人は盗人なのである。たとえその男が悪意なしに盗みをしたと言い張っても、または世間が彼を正直者と呼ぶことで意見が一致したとしても変わらない。

しかし、私の説に対して今一つの反対意見があろうことも承知している。すなわち、人の行為がその人の性格を示す最も確実な証拠であることを認めても、それを知るのが遅きに失するというものである。それは、追いはぎに襲われた後に追いはぎに気をつけるよう警告することであり、また、自宅に火をつけられた後に放火に注意するよう警告することだというものである。

これに対して私は次のように答える。ここで私が求めているのは、暴力でなく欺瞞から身を守る鎧である。世間の評判を得ることによって世間に害をなしうる者に対抗するための鎧である。したがって、もし私が読者に、よい評判を与えてはいけないのはどのような人物か教えたり、また、欺瞞が人に取り入るための技のすべて、少なくとも主たる技を伝授して、読者が欺瞞の目的を無効にすることができれば、私はこの小論の意図を十分に果たしたことになる。

さてここで私が読者に伝えたい最初の警告は、お世辞に対してである。下心なしにお世辞を言う人はいない、と私は確信している。かつて聞いたある貴族についての話を思い出す。その人は、自らはお世辞を言われることが人並み外れて好きだったが、人に対してこの悪徳の罪を犯すことなく、人の欠点をずけずけと遠慮なしに言ったものだ。彼と親しい友人が、ある日彼に言った。「だれよりもお世辞が好きなのに、ちっともお世辞のお返しをしないというのはおかしいね。お返しをすれば、もっと利息がついて返ってくることなど、君ならわかっていると思うのだけれど」。これに対して彼は次のように答えた。「君の意見の正当性は認めるけれど、自分がこんなに欲しがっているものを人にくれてやるなんて考えられないよ」。確かに、人間の本性について知っている人ならだれでも、人がどんなに貪欲に称賛を求めるか、そして、他人を称賛することにいかに消極的かを知っている。また称賛というのは、自分の取り分が最大になるにしても、支払いを強制されるぎりぎりまでめったに返済されない負債と同じなのだ。それを知っている人ならば、次のような結論を下すであろう。この気前の良さ、つまり、相当しない人にこのように自発的に称賛を与えるのは、マルティアリスが乞食の贈り物について述べているように[15]、寛大さ、あるいは善意以外の動機によるのである、と。

しかし実際は、お世辞に粉飾が加えられていなければ、それを食べて消化するほど悪食の虚栄心を持っている人はほとんどいない。お世辞が人の心をとらえるためには、人を欺かねばならない。つまり、われわれがお世辞を賞味するには、お世辞を何か別の名で呼ばなければならない。たとえば、真の価値に対する正当な評価とか、敬意というようにである。つまり、自負心に与える贈り物ではなく、功績に対して支払われるべき当然の対価というわけだ。

仮にそれが事実だとして、また、われわれの中に絶賛されるような偉大な、またはよい特質があるとしても、これまで述べたように、お世辞の借りを返すのにいかに不承であるかを考えてみれば、快く進んでお世辞を述べる人の下心を疑ってみるのもよかろう。よく言ったもので、自分には全く関係のない称賛をのんきに聞くことはないのであり、いわんや、何かしら期待することがなければ、大げさに人を褒め称えたいとは思わないだろう。

したがって、追従者は疑惑の正当な対象であり、賢明な人なら避けるものだ。

追従者の次は公言者である。彼は、より一層愛情をあなたに押し付けてくる。少しでも顔見知りなら、あるいは全く面識がなくても、抱擁したり、抱きしめたり、接吻したり、あなたの容姿、才能、美徳を大いに尊敬していると公言する。この友が誠実かどうかを知るには、友情の性質を吟味しさえすればよい。というのは、友情は常に尊敬または感謝、そしておそらくはその両方にもとづくからである。さて尊敬であるが、その形成のためにはすべての条件がそろう必要があり、それも相当の数になるのだから、きわめてゆっくり育つものである。それは知らないうちに生まれる愛情であり、快楽よりむしろ痛みを与えがちである。したがって、この愛情はわれわれの精神の中で何か励ましに出会うわけでもなく、かすかに、あるいはほとんど認識できないほどひっそりと心に忍び込んでくるのである。ことによると、われわれがこの愛情に完全にからめとられてしまったとき、友情がその対象と結びつくのに何か他の要素が必要になることがあるかも知れない。そのとき、ここに言う急成長する情念が、その源泉を尊敬に負っていないことが明らかになる。確かに、感謝はこの情念をより即座に生み出すかも知れないが、それが感謝の念から生まれる可能性の有無については、より簡単に判断できるだろう。というのも、恩恵を受けても感謝の念を持たない人もいるが、想像上の恩義さえないのにこの愛情を抱く人はさらに多いと、私は確信しているからである。したがって、この公言者があなたに恩義を感じることなどありえないと、あなた自身が確信することができれば、感謝が彼の言う友情の動機ではないと得心がいくと思う。その源泉がこれらのどちらでもないことがわかれば、その友情を虚偽だと思うのは当然である。そうなれば、それを心の中に受け入れる際に賢明にふるまうだろう。ちょうど、知っていながら毒蛇を胸中に飼う人や、家の中に泥棒を住まわせている人がそうであるように。「汝の敵の行いを許せ(16)」とは道徳律の至高の格言だと思われてきたが、「汝の友だと公言する者を恐れよ」、というのがおそらく最も賢明な格言である。

寛大な心が警戒すべき三番目の人物像は約束をする人、つまり、友情への別の階段を上る人である。むやみやたらに約束を口にする人は、はるか先に支払えばよい約束手形を多数振り出す商人と同じくらい、信用を落とすことになる。どちらの場合も真の結末は、両者とも約束を果たすつもりもなければ、果たすこともできないということである。そして、後者があなたから金をだまし取るつもりであるように、前者は少なくともあなたから謝意をかすめ取る目算を立てている。もし彼がそれ以上深い目的を持っていなければ、また、虚栄心が、彼があなたを生贄として捧げる唯一の邪な情念であるならば、あなたはそれでよしとしなければならない。

ここで私が偉大な政治家の約束をさしていると思って欲しくない。彼らは山ほどの約束をする必要があって嘘をつくのだと思われており、その約束の価値はよく知られているので、だまされる人はほとんどいない。ここで私が言う公言者［原文のまま］とは、どんな場合でも自分の一存で、頼まれもしないのに恩顧を約束する人のことである。これは寛大さの今一つの例である。ちょうど「オルドゲート・ポンプでの一回分の汲出しの水」[原注1][17]で友を窮状から救う人のように。これらには、いくつかの種類がある。果たすつもりなどさらさらない約束をする人と、果たすことができるかどうか定かではない約束をする人である。あちこちで約束しすぎて、ちょうど債務者のように、借金のすべてを返済できるはずもないのだから、後で支払いをすることなどない。

自分には全く関係もないのに、他人が秘密にしている事を根掘り葉掘り聞きたがる人も、警戒の対象の一つである。人は他人の秘密を隠しておくために、その秘密を知ろうとは思わない。それはちょうど、他人の財布をただ携行して楽しみたいがために、それを欲しがるなどしないのと同様である。

また、もしあなたが、他人の食卓では自分も話の種にされてしまうという犠牲を払ってまで、他人の欠点を話題にして楽しむことを選ぶというのでなければ、中傷者を避けるのが賢明である。というのは、概してこの手の人物は悪口を言うのに相手を選ばないからである。実際、彼らを完全に避けきれるとは限らない。なぜなら、かろうじて彼らに知られている事が、彼らからの中傷を受ける確実な資格になるからである。しかも、彼らは懇意になればなるほどに、ますますその人を中傷するようになる。

次に言及する性格が、人間の中でも真面目な種類の人たちを不快にするのではないかと私は憂慮している。この人たちの知恵と正直さに対して、私は等しく尊敬の念を持っているからである。しかし、率直な心を持つ私の読者に、聖者に注意するよう、敢て警告しなければならない。正直で良識ある人は、私が道徳の神聖さを貶めようとしているとして、ここで私が言うことを理解しようとはしないだろう。私の言う神聖さとは、唇より流れ出て、頬に輝くものである。本当の神聖さはこうした外見をまとっていると言ってもいいだろう。ならば、本物とまがい物とをどうやって確実に峻別するのだろうか。私の答えは以下の通りである。もし、真の神聖さもありうるが、同様に、偽装にすぎない可能性もあることを認めるなら、そして、事実、百のうち九九回がそうなのであるから、一人の本当の聖人が小さな不当な嫌疑をかけられる方が、九九人の悪党が世間をだまして、この仮面のもとに悪事を働くようになるよりもましである。

しかし、本当のことを言えば、不機嫌で、気難しく、意地の悪い、検閲官のような神聖さは決して誠実ではないし、誠実であるはずがない。軽蔑、嫌悪、非難しようと身構えていることが、キリスト教徒の気質であろうか。悪魔よりも大きな喜びと勝利感に浸りながら、人の魂に宣告を下すことのできる者が、厚かましくも、人類の罪のために亡くなった方の弟子だと言えるのだろうか。そのような神聖さこそまさしく、聖書の多くの箇所で、特に「マタイによる福音書」第二三章であれほど痛烈に非難されている、あの偽善の刻印ではなかろうか。

これは社会で最も嫌悪されるべき性格であり、またその悪意は特に、最も善良で立派な人たち、誠実で率直な心を持つ人たちに向けられ、執拗な嫉みと憎しみによって、人びとを苦しめるのである。だから皆がそれを遠ざけることができるよう、私がそれを引き裂き、その内部の怖ろしさを暴く労をとろう。同時に、その外側をわかりやすく描写してみよう。そうすることで、われわれが間違ってもその罠に陥ることはほとんどなくなるだろう。

また、この性格の内側（もしそういう表現を使うことが許されれば）にかんしてだが、聖書の書き手はそれを分析するのに尋常ならぬ労力を用いている。先ほど引用した章にある、われらが救世主が自ら語っておられる言葉に耳を傾けてみよう。「それは、寡婦の家を食い尽くす。それは、改宗者を自分より倍もひどい地獄の子にする。そして、それは、律法の中で最も重要な正義、慈悲、誠実はないがしろにしている。それは、ぶよは漉して除くが、(原注2)らくだは飲み込んでいる。それは強欲と放縦で満ちている(18)」。使徒パウロは、「テモテへの第一の手紙」の中で次のように述べている。「彼らは偽りを話す。そして彼らの良心は赤く熱い鉄の焼印を押されている(19)」。また、旧約聖書にも多くの箇所に出てくるが、たとえば、「ヨブ記」に次のようなものがある。「偽善者に治めさせないようにしよう。民が罠にかからないために(20)」。また、「箴言」の中のソロモンの言葉によれば、「偽善者はその口をもって隣人を滅ぼす(21)」。

これらの各引用の中に、この性格の極悪さのほとんどは描写されている。しかし、さらに解説を加うるに値する一節がある。それは、まさにその核心をつくものである。すなわち、「マタイによる福音書」第二三章一三節である。ここでキリストは、ファリサイ派の人びとに対して次のように呼びかける。「偽善者たちよ、汝らは人びとに対して天国を閉ざす。汝らも入らないし、入ろうとする人をも入らせない」。

これは聖別された偽善の見事な描写である。自分自身が善をなさないだけでなく、他の人びとが善をなすことをさせないのである。しかし、もしわれわれが聖書の本文を比喩的に理解するなら、この悪徳の、検閲官のような特質にあてはめてもよいだろう。すなわち、この悪徳は、評判に値するようなことを一切、誠実に実行しようとはしないし、同様にまた、美徳ゆえの称賛をよき人から奪うのにも熱心なのだ。それは、聖書に詳述されているように、うわべの形式のみに価値を置く。そしてそれを厳格に守る。したがって、これはこの世においてあらゆる名誉と報酬を引き出しうるにちがいない。否、あの世においてもそうだろう。ただしそれは、全能の神をだまし通して、あの世で報酬を得ることができると想像するほど自らを欺くことができるならのことではあるが。

さて、ガレー船の奴隷には嫉妬深い傾向があり、足枷を解かれて安心する人間を羨望をこめて注視するものだ。とはいえそれは、神聖という足枷をはめた人たちが他の人間を眺めるとき、特に、枷もなく人びとが神の国に召されていくのを眺めるときに感じる嫉みほどひどくはない。これらの人びとは実に彼らの最も強い嫌悪の対象であり、常に彼らの非難の最も確実な標的なのである。人間についての知識よりも善良さを多く身につけている人たちというのは、こうした聖人によって中傷されるとき、その中傷を自分の本当の性格が知られていなかったためだとみなし、もしくだんの聖人に自分の内面的な価値を知らせることができれば、もっと大事に扱ってもらえると想像するのである。しかし、哀しいことに、それは完全な誤りなのだ。聖別された偽善者は、率直で正直な人について知れば知るほど、その人に嫉妬し、嫌悪し、そして、その人の真価を破壊する機会をつかもうとしたり、もしくはでっちあげようとする。

しかし、嫉妬が善人を嫌悪する唯一の動機ではない。彼らは、善人から見透かされて、その結果正体がばれるのではないかと常に警戒しているのである。社会の中に住む偽善者は、これから盗みを働こうとしている家の中に身を隠している泥棒と同じ心配をしながら生きている。見つかりそうにないときも、見つかるのではないかと思うのである。あらゆる動きが彼をびくびくさせる。発見されるのではないかと怖れ、部屋に入って来た人皆を疑う。自分が身を隠しているところを知って捕まえに来たのではないかと思うからである。しかして、恐怖ほど強く憎しみに結びつくものはないから、多くの無垢な人たちは、自分が害を被るなど露ほども疑わずして、害をなそうとする者に憎まれるのである。

さて、有徳の善人の名誉を毀損するとき偽善者は、自分を傷つける武器を敵からすべてとりあげたところを想像する。したがって、この聖別された偽善者は、自らの悪徳を隠すよりも、他人の徳を目立たなくしたり、汚そうと努めるのだ。そのような人間の生涯の仕事は、不相応な評判を獲得し保持することによって、称賛を手に入れることである。だから彼の最大の苦心は、自分自身は持っているふりをすることしかできない性格を本当に持っている人たちから、本来ならばその人たちが受け取る権利のある報酬のすべてを奪うことに向けられる。

預言者イザヤは、こうした人びとについて次のように言っている。「災いだ、悪を善と呼び、善を悪と呼ぶ者は。彼らは闇を光とし、光を闇とする」(22)。機知に富むサウス師は、説教の中でこの聖句に触れて、次のように言っている。「中傷は、悪魔の箙《えびら》から抜き取られた、人を殺す毒矢である。いつもそのあたりを飛んできては、暗闇で事をなす。徳はそれに対する防御にならず、無垢は安全確保の手立てにならない。それは地獄で鍛造された武器であり、あの第一級の発明者であり技術者である悪魔によって造られた。偉大なる神、すべてをご存じで何事をもなすことがおできになる偉大なる神以外は何者も、この毒矢から最善の人たちを守ることはできない(23)」。

同様に、マルティアリスも以下の詩行でこの点に言及している。

アウラスよ、君の徳をもってしても、
マメルカスが君のことをよく言うように促すことはできない(24)。

この検閲官のような性格の一端について、それが非常に有害なものでありながら、(これまで私が見聞してきたことから言えば)、あまり知られていなくて、注意も向けられていないために、ここまでいく分くどく述べてきた。私は他の特質のすべてを描写するつもりはない。実際、偽善が生み出さない種類の害はない。なぜなら、それが日々関わっている個人的な悪事は言うに及ばず、社会、戦争、殺人、虐殺に影響を与えている大きな害悪の大部分は、その原型をこの忌まわしい悪に負っているからである。それは無辜の民を滅ぼし、罪人を保護するのである。そして、この世にありとあらゆる種類の害悪をもたらし、善の粒すべてをこの世から一掃しかねない。それは人を欺いて、悲しみと惨めさを追求することを徳に見せかけて推奨したり、陽気な気分や愉しみを、悪、あるいはこう呼んでよければ罪に見せかけて怖がらせて、それらから遠ざけようとしなかっただろうか。それは、悪意、厳格、かくのごとき呪うべき成分からなるあの毒薬に偽装を施したり、汚れなき愉しみの甘美な一服を、怖れと恥辱の吐き気を催すような風味をつけて苦くしようとしなかっただろうか。

この悪意に満ちた呪うべき性質は人間性の恥となるもので、社会の破滅のもとであるから、われわれの宗教の慈悲深い始祖によって、特に、「マタイによる福音書」の先に引用した章の三三節において、きわめて厳しい調子で非難されているのも不思議ではない。

蛇よ、蝮の子らよ、どうしてあなたたちは地獄の罰を免れることができようか(25)。

ここまで私はこの性格の内側を論じ、皆にこれを回避させるのに十分なほど述べてきたと思うので、キリスト教徒をしてこれを嫌悪せしめるに事足りると確信している。だが、それを発見するための十分な規則を正直な人たちに提供するために、その外側についての検証がまだ残っている。そして、これについても、前半部においてその教えに従ったのと同じ聖なる導き手がわれわれにはついている。

まず第一に、あの聖別された外観に気をつけよ。すなわち「白く塗った墓、それは外側は美しく見えるが、内側はあらゆる汚れで満ちている。皿の外側はきれいにすることができても、内側は強欲と放縦で満ちている(26)」。

二番目に、次のような人をとくと見よ。「彼らは背負いきれない重荷をまとめ、人の肩に載せるが、自分ではそれを動かすために、指一本貸そうともしない(27)」。

「これらの重荷とは（とバーキットは言う）、ファリサイ派の人びとが持ち込み聴衆に押し付けた、勧告と指導、規則と正典、禁欲と厳格のことであった(28)」。これ以上の解説は必要ない。というのも、これまで述べてきたように、これらの偽善者は、美徳と宗教はすべからく「禁欲と厳格」の遵守にあるとし、これらがなければ、最も純正な善良さも彼らの称賛を受けることはないのである。しかし、この原則が、キリスト教の性質といかに違っているかについては、キリスト教の道徳全体から見ればわかるであろう。それにかんして、キリストは説教の中で、卓越した教えを次のようにまとめている。「だから、人にしてもらいたいと思うことは何でも、あなたがたも人にしなさい。これこそ律法と預言者である(29)」。

三番目に、徳、善、あるいは敬虔さの誇示にはどのようなものであれ気をつけよ。この誇示というのは、表情と口、あるいは何らかの外見上の誇示をさす。そして、これこそが、キリストが「彼ら「ファリサイ派の人びと」は人に見せるために行う」と言うとき、その文脈から見てキリストの言わんとする意味である。「彼らは経札を幅広く作り、衣の縁飾りを長くとる(30)」と続くのだから。この経札とは、羊皮紙の巻物で、そこには十戒とモーセの律法の一部が記されていた。さらに彼らはこれ見よがしに衣の上から経札を身に着けた(31)。この儀式によって、「申命記」の章にある教えに従うつもりなのだが(32)、しかし、このように身にまとった律法を、実行することは怠ったのである。

彼らの誇示の別の例としては、「長い祈りをすること」というのがある。すなわち、（バーキット曰く）「未亡人のために神殿とシナゴーグで長い祈りをして（あるいは多分、祈るふりをして）、礼拝堂の共通財産であるコルバン(33)のために気前よく寄付するよう説得する。そして、その寄付の一部は彼女らの生活費であった。学べよ。一、腹黒い偽善者が最も汚れた罪を宗教の衣で覆うことは目新しいことではない。ファリサイ派の人びとは長い祈りを自らの貪欲さの隠れみのにする。二、世俗的な利益を得るための方策として宗教を利用することは、宗教それ自体のためにも、復讐をもって呪われるべきやり方である(34)」。

またしてもイエスは言う。「彼らは薄荷《はっか》、いのんど、茴香《ういきょう》の十分の一は献げるが、律法の中で最も重要な正義、慈悲、誠実はないがしろにしているからだ(35)」。われわれはこれを司祭への報酬の禁止と理解すべきではないし、また私がそのような意味で言っているとは理解して欲しくない。注釈者(36)の言う、「些事において律法を正確に遵守していることを誇示し、より重要な義務を果たさないこと」の意味である。「彼らは薄荷《はっか》、いのんど、茴香《ういきょう》の十分の一（最もささいで、最もつまらない事柄のこと）を献げたが、同時に、正義、慈悲、誠実をないがしろにした。すなわち、人と人との間の公正な取引、貧者への施し、約束と契約における誠実さのことである。これについてわが救世主は言う。ぶよは漉して除くが、らくだは飲み込んでいると。ことわざにもなったこの表現が示唆しているのは、ささいな事柄にかんして多大な正確さと綿密さを主張する人はいるが、一方で、最重要の義務にかんしてそのようにふるまう人はいない、あるいはほんのわずかしかいないということである。ゆえに、次のように特記しよう。偽善者は宗教におけるほとんど取るに足りない事柄に最大の重きを置き、神が最小限しか神聖さを置かないこれらの事柄に最大の神聖さを置く、と。

『汝らは薄荷《はっか》、その他の十分の一を献げるが、律法のより重要な事柄はないがしろにする』。これはまさにすべての宗教と真の敬虔さの衰退のもとであり、神の命より祭儀や制度の方を優先することに他ならず、そして、自然宗教の実践である。このような行いは、まぎれもなく偽善の確かなしるしである[37]」。

事実、誇示ほど徳の本性からかけ離れたものはありえない。徳については、次のように言うことができる。もし男性が裸の姿の徳を目撃したなら、皆、恋に落ちるだろう。ここに含意されているのは、それはきわめて珍しくて、出くわすのが難しい光景だということである。そして実際、真の徳にあっては、その慎み深さから、裸の美しさを人目にさらすのを遠慮するのが常である。徳は自らの内面の価値に気づいているので、公の目にそれをさらそうとは思わないのだ。誇示とは、男性の称賛を得ようとしてうわべだけの魅力を全開にしたり、彼らの称賛と信頼を得ることによって邪悪な目的を達成しようと常に汲々としている、売春婦の悪徳である。

この偽善のしるしについてもう一つだけ言及しよう。それは、他人の欠点を酷評しようと身構えている態度のことである。キリストは言う。「人を裁くな。あなたがたも裁かれないようにするためである[38]」。さらに、「あなたは、兄弟の目にあるおが屑は見えるのに、なぜ自分の目の中の丸太に気づかないのか[39]」と言う。これについて、前述の注釈者は正しく述べている。「他人のささいな弱点をとりたてて非難する人は、たいてい、もっと大きな弱点を自らが抱えている[40]」。この聖別された中傷は、あらゆるもののうちで最も厳格、辛辣、残酷である。そして、怒り、あるいは無謀さの結果としての中傷と、私がこれまで述べてきた中傷との違いは簡単に識別できるので、これ以上触れることはしない。

ここで、シェイクスピアが忌まわしい悪党に対して放った偽りのない願いを引用して、聖別された偽善者の役を退場させることにする。

天の神様があらゆる正直な手に鞭を持たせ、
悪党を裸にして引っぱたき、世界中、追いかけ回せばいい。(41)

さて、これで私も、お人好しで、すぐに人を信じてしまう無防備な性質に対して欺瞞が目的を達成するのに用いる主な方法を列挙したと思う。また、欺瞞を発見することができるそれなりの兆候を指摘してきたつもりである。しかし、人は虚栄心や自己愛によって目が見えなくなったり、狡猾な偽善は死角を狙って、人の情念を手なずける方法を知っているので、正直で巧むところのない人が、ずる賢さやペテンの罠を避けるのは困難であろう。したがって、さらにもう一つの確実な規則を推奨しよう。そして、もしこれが十分に傾聴されれば、世の中からあらゆる欺瞞が根絶されるものと、私は信じている。あるいは、少なくとも、きわめて効果的に欺瞞の目的を挫くにちがいないから、欺瞞を身につけることは、だれにとっても価値あることではなくなるだろうし、ならず者と愚か者の性格はよりはっきりと（実際に現実にある通り）結びつけられるか、あるいは、統合されるだろう。

この方法とは、だれかと一緒にいるときの人の動きを注意深く観察することである。特に、血縁、結婚、友情、職業、地縁、あるいは他の縁で結ばれた人びとと一緒にいるところを見るとよい。このような観察の機会がない人はいない。なぜなら、最も弱い人以外は、付き合いがほとんどないか、あるいは全くない人に対して、きわめて実質的な影響を与えることになる信頼を、性急に、しゃにむに寄せることなどしないからである。

ならば、あなたの信頼を得ようとした人が家族や親密な人と一緒にいるところを探ってみよ。はたして、その人がよき息子、兄弟、夫、父、友、主人、使用人などの役をこなしているかどうか調べてみよ。もし、彼がこれらの務めを十分に果たしているならば、あなたが信頼するのには十分な根拠があるだろう。しかし、もし彼が暴虐、残酷、背信、無節操をもってこれらの任にあたっているならば、彼は自分の得になるとわかればさっそく機会をとらえて、あなたを犠牲にしてでも、そうした悪い資質を働かせることは必至であろう。

私はいつも思うのだが、もし人間が自分の目を信じて、人が最も親しい間柄の人に対してどういう行動をとっているのか実際に自分が見たことによってその人を判断するなら、だまされることはほとんどなかろう。（少なくとも、今より少なくなるだろう。）一方われわれは、親不孝で恩知らずの息子、薄情な、あるいは粗暴な兄弟、妻子に対する優しさや礼節、あるいは人間性さえみじんもない男でも、誠実で忠実な友になるだろうと、いかにしばしば思いこんでしまうことか。最も近い関係における義務を果たすことができないとわかっている人物が、血縁、あるいは姻戚関係にもしばられていないのに、否、そもそも野蛮な被造物にも本能が吹き込むあの善良ささえ欠いているのに、そのような人物のことを、信義と節義を重んじ精進する性格を築くのに必要な徳を十分に備えているなどと信じるのは、なんと馬鹿げた考え方であろうか。これはそれ以上悪くなりようがないほど不合理な軽信である。

他人に対して悪漢行為を働いているところを目にしていながら、人、時、場所などの状況が多少でも変われば他人に対して親切で正しい人のようにふるまうはずだと考えるほど、人間の思慮深さと相反するものはない。私はここで、社会の善へと向かう悔悛の傾向だけでなく、悔悛についての教義をも議論するつもりはない。しかし、人間の行為こそ思考の最善の指標であり、よく観察し理解すれば、最も確実に人の性格を明らかにする。また、われわれは、悔悛の誠実さについてそれほど確信してはいないので、かつて悪党として知られた人物が悪党のままであるとわれわれが考えるのは、少なくとも当人にわれわれの信用を与えない程度までは、正当性があるだろうと思う。(42)

さて、こうした観察をもう少し広げて、公的生活を考慮に入れてみたときに、昨今、こちら側の半球《ヘミスフィア》で見られるいくつかの現象を説明する手立てになるかどうか確かめてみよう。というのは、最も近くて親しいつながりがある人に対してよき行いをすることは、その人がこれから関わることになるどんなつながりにおいても誠実な行動をとるだろうと他人が信じることができる、最良の保証になるからである。同様に、もし国がある男に公的な信頼を置くつもりならば、私的な場所で社会的義務を立派に果たしていることが、公的信用における実直な態度についての、彼が与えることができる最強の保証になる。すると、俗受けを狙った演説や、本性とは異なる性格を上手に装うことは、われわれをだまし、何らかの方法で自分の腹黒い目的のためにわれわれを犠牲にするためのの、うわべをとりつくろった罠にすぎないことに合点がいくであろう。それはポープ氏の書簡の一つに上手に書かれている。「たった一人の人を愛することもできない人が、どうやって五百万人を愛するのか」(43)。仮に人が自分の内の中心にあるものよりも大きな愛を抱くとすれば、必ずやそれは、自分の子供たち、親戚、友人、そして最も近い知人に対してであろう。もし愛の範囲をもう少し広げるならば、一般的博愛、すなわち人類愛より他に何があろう。さて、善良な人がごく普通の知り合いより自分の友人の方をより愛するように、博愛《フィランソロピー》は何よりも自分の国により強く及ぶだろう。しかし、私的な関係で愛情を持たない人が、この一般的博愛を持つなどありえない。それは、一〇ポンドを持ち上げるほどの力もない人が、一〇〇ポンドを頭上に持ち上げることができないのと同様である。したがって、息子、夫、父親、兄弟、友人としてよくない人、一言で言えば、私的生活における悪人は、真の愛国者には決してなりえない。

ローマとスパルタでは事情が違っていたことには私も同意する。なぜなら、そこでは、愛国心は教育によって性格の一部分となっていたからである。子供たちは愛国心の中で育てられ、あらゆる国で宗教が最初に教えこまれる年齢に達したときに、子供たちは愛国心を学習した。そして、あらゆる宗教家が教義のために命を投げ出す覚悟ができているように、(ただ彼らはしばしば教義を知らず、また、めったに関心を払わない)、スパルタ人やローマ人は、暗黙の信念を持っていて、祖国のために死ぬ覚悟ができていた。ただし、前者の私的な道徳は大いに堕落しており、また、後者は人類の公然たる略奪者であったけれども。

さて、彼らの愛国心が何を基盤にしていたのかについてはきわめて明白で、多分これ以上確かなものはありえない。思うに、もし二〇人の少年が、幼年期から「王立取引所」(44)が神の御国であると信じるよう教わり、その結果、それに似つかわしい畏敬の念を抱くようになり、最後に、そこは偉大で、輝かしく、神々しいので守らなければならないと教えられたならば、そのうちの一九人は後になって、そこを守るために喜んで命を捧げるだろう。少なくとも、わずかなはした金で、そこに放火することに同意する者は皆無だろう。たとえ、彼らの性根がごろつきや強盗であっても、そのようなことはしないであろう。しかし、もしあなたが、そのような性根を持つ成年男子を二〇人ほど選んでいいとされるなら、しかも、彼らがその場所の神聖さについて何も学んだことがなく、しかるべき畏敬の念も持っておらず、そのような義務も受け入れていないなら、その大義に命をかけるように彼らを仕向けるのは難しいだろうと思う。さらに、彼らを買収して、あの建造物の中のここぞと選んだ場所に放火するよう唆しても、その事実を隠蔽するよう彼らを説得できるのではないかとさえ思うのである。

　しかし、ロンドンの尊敬すべき市民ならば、教育からこのような迷信を借用しなくても、かくも偉大なる看板建造物であり、通商にとって便利で必要なものを、シティから奪い、同時に、何千もの人びとの壊滅、市民全体の絶滅をもたらすようなことは、いくら金を積まれてもしないだろう。

　これを応用するのは、きわめて容易に見える。すなわち、愛国心のような感情は、人間性の中で他に類がない。抽象的に考察され、それ自体、学芸によって導かれなくてはならない。しかも、人間の精神がまだ柔らかく素直で、どのようなものでも刻印しやすくそれに染まりやすい、未定形の性格であるうちになされなければならない。一番目に、愛国心は、博愛、つまり普遍的な慈愛《ベネヴォレンス》にもとづかなければならない。それは、ある人たちの本性のうちには真に存在する感情であり、これまで述べた卓越した特質を必然的に伴うものである。なぜなら、すでに承認されているように、一人の人を愛することができない者が百万人の人を愛せるはずはないからである。したがって、誘導されても、人一人さえだましたり、破滅させたりしたことのない人が、何百万もの人をだましたり、破滅させたりするよう説き伏せられることなど、決してないと思うのである。

以上、私は、会話の相手の性格について看破したり、また偽善の狡猾さや悪巧みをことごとく挫くことができるかも知れない方策のいくつかを示してきた。こうした方法を三重にして示した。すなわち、自然が顔にしるした刻印によって、次に、われわれに対する行為によって、そして他人に対する行為によってである。これらのうちの一番目については、私はそれほど主張しなかった。なぜなら不確かになりがちだからである。一方、他の二つは、適切な注意を払えば、偽善という功妙な計画からわれわれを守ってくれるのに、十分に足りるように思われる。だが、偽善は、人間性を堕落させてきた悪徳のうちで最も狡猾にして悪意のあるものではある。

しかし、この論文は、人にものを教えるのにいかに無益であろうとも、少なくとも私の読者に警鐘を鳴らすことについては有効であって欲しいと願う。そして、確かに、正直で巧むところのない人は、偽善者に対して身を守るのにこれで十分ということはなく、また、偽善者の正体を暴き、社会から追放するのに熱心すぎるということもないのである。

フィールディング自身による注

原注1　商業上の慣用表現で不渡り手形の意。

原注2　ギリシャ語はこのようになっているのだが、この箇所を、翻訳者たちは間違って訳していた。彼らは、「ぶよを捕まえる」と訳して、飲み込むのに苦労するという意味に解釈している。ところが実は、このギリシャ語は、漉し器で漉すことの謂である。この箇所の趣旨は、彼ら［律法学者のこと］は、どんなに難儀してもぶよ一匹でも漉し取れるほど自分たちの良心はそれほどに繊細なのだとうそぶいているが、しかし、彼らは、その気になれば、良心を開け放ってらくだをも許容してしまうということなのだ。

訳注

（1）第二代ロチェスター伯、ジョン・ウィルモット John Wilmot, 2nd Earl of Rochester（一六四七—一六八〇）「人類に対する風刺詩」"A Satyr against Mankind" に付された追加詩行 (postscript) 四九行の最終行（『ジョン、ロチェスター伯作品集』*The Works of John. Earl of Rochester*［一七三二、第四版］五八頁）。ロチェスター伯は、王政復古時代のイギリスの貴族、宮廷詩人。

（2）トマス・パウエル Thomas Powell（一五七二?—一六三五?）『成功の術、あるいは出世への近道』*The Art of Thriving, or the Plaine Path-Way to Preferment*（一六三五）に代表されるような処世術の書物が流行していたことをさす。パウエルは一七世紀イギリスの弁護士、詩人。

（3）フィールディングは、『ミセラニーズ』第三巻所収の『ジョナサン・ワイルド』*Jonathan Wild*（一七四三）第二部五章において、希代の犯罪者ワイルドを政治術の達人としている。

（4）デキムス・ユニウス・ユウェナリス Decimus Junius Juvenalis（六七頃―一三八頃）『風刺詩』*Saturae* 第二歌八行が格言になったもの。ユウェナリスはローマの風刺家。

（5）ユウェナリス同書第二歌八―九行。「見かけを信頼してはならない」に続く箇所。日本語部分は、フィールディングの英訳を和訳したもの。この箇所でユウェナリスが風刺の対象にしているのは、人びとに厳格な徳を説きつつも、実生活では性倒錯に淫している哲学者のこと。

（6）『人相学』*Physiognomonica* をさす。かつてはアリストテレス作とされたが、実際は作者不詳。

（7）第三代シャフツベリ伯、アントニー・アシュリー・クーパー Anthony Ashley Cooper, 3rd Earl of Shaftesbury（一六七一―一七一三）は、イギリスの人文主義の哲学者。引用部分は、『熱狂にかんする書簡』*A Letter Concerning Enthusiasm*（『キャラクタリステックス』*Characteristics of Men, Manners, Opinions, Times*［一七三七、第六版］第一巻十一頁）。

（8）ウィリアム・シェイクスピア William Shakespeare（一五六四―一六一六）『ハムレット』*Hamlet*（一六〇〇）第一幕五場一〇八行。フィールディングの引用では、"A Man"（訳語は「人」）となっているが、シェイクスピアの原文では "One" である。

（9）原文はラテン語詩行 *Quis non vicus abundat?* ユウェナリス『諷刺詩』第三歌八行。

（10）フィールディングがここに言う「自負心」（Pride）は、トマス・ホッブス（一五八八―一六七九）の言う「得意」(Glory) を言い換えたものと思われる。ホッブスは、「突然の得意（Sudden Glory）は、あのしかめつら (Grimaces) をいわゆる笑い (LAUGHTER) にする情念である」（『リヴァイアサン』*Leviathan*［一六五一］第一部六章）と言い、また別の箇所で、「空しい得意」（vaine-Glory）を、「自負心」(Pride) と呼んでいる（『リヴァイアサン』第一部八章）。ホッブスは、イギリス一七世紀の哲学者、機械論的世界観の先駆的哲学者の一人。

（11）アレクサンダー・ポープ Alexander Pope（一六八八―一七四四）『愚者列伝』*The Dunciad Variorum*（一七二九）第二巻三〇行。ポープはイギリス古典主義時代の詩人。

（12）原文ではB—chと伏せ字。おそらくBreech（臀部）の意味であろう。この単語については、「会話について」注（31）を参照。
（13）クィントゥス・ホラティウス・フラックス Quintus Horatius Flaccus（前六五—前八）『諷刺詩』*Sermones* 第一巻第四諷刺八五行の一部分。ホラティウスはローマの詩人。フィールディングの本文では、ラテン語原文 "Hic niger est; hunc tu caveto" が引用されている。
（14）「マタイによる福音書」第七章一六節と二〇節。
（15）マルクス・ヴァレリウス・マルティアリス Marcus Valerius Martialis（四三頃—一〇四頃）『警句』*Epigrammata* 第八巻三八篇。マルティアリスは、ローマで活躍した詩人。
（16）「マタイによる福音書」第五章四四節、「ルカによる福音書」第六章二七節、三五節参照。
（17）オルドゲート・ポンプ (Aldgate Pump) とはロンドン・シティの東端にあたるオルドゲートの路上にある水汲みポンプ。引用文の「一回分の汲み出しの水」を表す「ドラフト」(a Draught) は「為替手形」の意味でもある。
（18）「マタイによる福音書」第二三章一五節から二五節までの一部。
（19）「テモテへの第一の手紙」第四章二節。
（20）「ヨブ記」第三四章三〇節。
（21）「箴言」第一一章九節。
（22）「イザヤ書」第五章二〇節。
（23）ロバート・サウス Robert South（一六三四—一七一六）『説教集』全六巻 *Sermons*, 6 vols.（一七二七、第六版）、第二巻、三五三、三五六—三五七頁。サウスは、イギリス一七世紀の高教会派の牧師。
（24）マルティアリス『警句』第五巻二八篇一—二行。フィールディングの本文では、ラテン語の原文が引用されている。
（25）「マタイによる福音書」第二三章三三節。

(26)「マタイによる福音書」第二三章二七節と二五節をつなげている。
(27)「マタイによる福音書」第二三章四節、「ルカによる福音書」第一一章四六節。
(28)ウィリアム・バーキット William Burkitt(一六五〇―一七〇三)『新約聖書注釈書』*Expository Notes with Practical Observation on the New Testament*(一七〇七、第三版)所収「マタイによる福音書」第二三章四節についての注釈。頁付なし。バーキットはイギリス一七世紀の英国国教会教区付司祭、聖書注釈者。
(29)「マタイによる福音書」第七章一二節。
(30)「マタイによる福音書」第二三章五節。
(31)ここに言う「経札」とは、ユダヤ教に言う「聖句箱」のこと。これは、羊皮紙に旧約聖書からの文句を記したものを納めた二つの小箱で、ユダヤ教徒が祈りのとき、一つを左腕に、もう一つを額に結びつけて律法を守ることを忘れないようにした。
(32)「更に、これ[律法]をしるしとして自分の手に結び、覚えとして額に付け、あなたの家の戸口の柱にも門にも書き記しなさい」(「申命記」第六章八―九節)。
(33)コルバンとは神への供物のこと。
(34)バーキット前掲書所収「マタイによる福音書」第二三章一四節の注釈。また、「マルコによる福音書」第一二章四〇節、「ルカによる福音書」第二〇章四七節にもファリサイ派の偽善に対する同類の批判がある。
(35)「マタイによる福音書」第二三章二三節。
(36)バーキットのこと。
(37)バーキット　前掲書所収「マタイによる福音書」第二三章二三節についての注釈。訳文の傍点は、原文ではすべて大文字表記になっている。
(38)「マタイによる福音書」第七章一節、「ルカによる福音書」第六章三七節。

(39)「マタイによる福音書」第七章三節、「ルカによる福音書」第六章四一節。

(40) バーキット前掲書所収「マタイによる福音書」第七章三節についての注釈。

(41) ウィリアム・シェイクスピア『オセロ』*Othello*（一六〇三）、第四幕二場一四一—一四三行。

(42) 翻訳の底本にしたWesleyan版『ミセラニーズ』第一巻では“as least”（一七六頁）となっているが、おそらく誤植であろう。ハーバード大学ホートン図書館所蔵の『ミセラニーズ』第一巻（一七四三、第二版）（ECCO: Eighteenth Century Collections Online 所収）では“at least”（二二二頁）となっている。後者を採用した。

(43)『アレクサンダー・ポープ氏書簡集』*Letters of Mr. Alexander Pope*（一七三七）九五頁。ポープ自身は、「二万人」と書いている。

(44) 王立取引所 (the Royal Exchange) はロンドン・シテイにあり、一七世紀から一八世紀にかけて飛躍的に発展したイギリスの商業活動による富を象徴する場所であった。現在は店舗、事務所が入る施設として使われている。

解題

本書は、ヘンリー・フィールディング Henry Fielding（一七〇七―一七五四）の、『ミセラニーズ』(*Miscellanies*) 第一巻から、四編の詩と二編のエッセイを選び、訳したものである。ミセラニーズとは作者の意のままに編んだ作品集の意味で、フィールディングも、詩、エッセイ、劇、風刺散文作品など異なるジャンルの作品を、全三巻に収めた。出版は一七四三年四月七日である。

英文学史上、フィールディングはイギリス小説の祖とされる。詩や演劇に比べて、小説の歴史はそれほど古くはない。イギリスにおいて小説が文学ジャンルとして成立したのは、一八世紀になってからである。ここでいう小説とは、奇怪な動物や妖精が登場する魔術的な物語でもなければ、神と王の神話的な物語でもない。小説の読者が、自分の身の回りでも起こりうる話だと共感できるような作品をさす。イギリスでは、サミュエル・リチャードソン Samuel Richardson（一六八九―一七六一）が書いた『パミラ』*Pamela*（一七四一）や、フィールディングの『トム・ジョウンズ』*Tom Jones*（一七四九）が、初期イギリス小説の代表作と言われる。前者は、パミラ・アンドルーズというあるお屋敷の小間使いが、ご主人様の誘惑にさらされながらも操を守り、最後は恋愛、結婚に至る物語である。後者は、孤児のトムが、天性の人のよさと腕白ぶりを発揮し、失敗を重ねながらも人間的成長を遂げる物語である。

実は、フィールディングは『パミラ』の空前の人気に刺激されて小説を書き始めた。一七四二年二月に出版された『ジョウゼフ・アンドルーズ』*The History of the Adventures of Joseph Andrews and of his Friend Mr. Abraham Adams* は、パミラの弟の物語という設定で『パミラ』を揶揄する意図もあって書き始めたものが、書き進めるうちに独自の展開になったものである。フィールディングは自作を「散文による喜劇的叙事詩」と名付け、これをイギリスでは初の試みだと主張した。新種の書き物であることを強く意識しているわけだが、そこには、リチャードソンの手法とは異なる散文作品であるという含みもある。かくして、文学的資質の大きく異なるこの二人の牽引力によって、一七四〇年代にイギリス小説は最初の大きな発展を遂げたのである。

『ミセラニーズ』出版までのフィールディング

ヘンリー・フィールディングは、一七〇七年、イングランド南西部サマセット州グラストンベリーで生まれた。父エドモンドは、デンビー伯爵家 the Earl of Denbigh につながる家系に生まれた陸軍中佐。母セアラは、王座裁判所の裁判官であった、サー・ヘンリー・グールド Sir Henry Gould の一人娘であった。しかし、母セアラは、フィールディングが一一才になる直前に病死してしまう。六人の遺児はグールド家が引き取った。グールド家の祖父はすでに亡くなり、気丈な祖母はエドモンドを信用していなかった。実際、エドモンドはセアラが亡くなって一年もたたないうちに、ロンドンで再婚する。同じ頃、フィールディングはイートン校へ送られ、卒業後はオランダのライデン大学に遊学したりもした。

そして、彼が選んだ最初の職が劇作家であった。たちまち喜劇作家として売れっ子になり、当時の流行にならって政治風刺を加えていくうちに、その軽妙かつ辛辣な風刺は政府を怒らせるまでになった。ついに、彼の芝居が直接的契機となり、一七三七年六月、脚本の事前検閲を行う「劇検閲令」が公布される。さらに、ロンドンの劇場は、ドルアリ・レーン劇場とコヴェント・ガーデン劇場以外はすべて閉鎖となった。こうして、やむなく彼は九年間身を置いた劇界を去った。

フィールディングが向かった先は、法曹界である。まず一七三七年一一月に、法学院に入学し、異例の速さで、一七四〇年六月には法律家の資格を得た。この間、彼はジャーナリズムの世界に足を踏み入れ、一七三九年一一月、アメリカ生まれにして、グラッブ・ストリートの三文文士ジェームズ・ラルフ James Ralph（一七〇五頃―一七六二）と共同で、週三回発行の新聞『チャンピオン』*The Champion* を創刊する。フィールディングは評論記事を担当し、ロバート・ウォルポール Robert Walpole（一六七六―一七四五）の政府を風刺する政治的な評論だけでなく、古典文学、道徳、宗教と幅広く題材をとり、高水準のエッセイを書いた。しかし、一七四一年になると執筆回数は減り、のちに、ラルフが主幹となった。

一七四二年二月、ウォルポールが第一大蔵卿を辞任し、一七二一年から続いた彼の内閣が終る。その二か月前、一七四一年一二月一五日、フィールディングは、『反対派――或る夢想――』と題する政治的寓話を匿名で発表した。もっとも、彼は、『ミセラニーズ』の序文で、この作品の作者が自分自身であることを告白している。この作品は、ウォルポール政権に長らく反対してきた「反対派」の議員たちが、ウォルポール政権末期になって変節したり、あるいは失望から無気力になっていく様を寓話化したもので、ウォルポールを政治の王道を行く者として描いている。フィールディング研究者は、彼のこの「転向」に戸惑い、長らく作品の評価が定まらなかったのだが、現在では、彼がウォルポールからの援助を受諾したため、反対派議員たちを諷刺する作品を書いたという解釈が主流となっている。確かに、父親譲りの浪費癖のあるフィールディングは、ほぼ恒常的に金を必要としていたが、その一方で、彼がそれまで擁護してきた反対派の分裂と混迷に接して失望を感じたことも十分推測される。加えて、『チャンピオン』紙で政治ジャーナリズムに関わった自身の過去について、徒労感を味わったのではなかろうか。

こうした事情を背景に考えれば、一七四二年二月のウォルポール長期政権の崩壊直後に、小説『ジョウゼフ・アンドルーズ』を出版し、すぐに続けて、『ミセラニーズ』出版の準備を始めたフィールディングの胸中には、政治ジャーナリズムに見切りをつけて、もともと馴染みのある文学の方面で筆を執ろうという決意のような気持ちがあったのではなかろうか。政治の一大転機は、彼の執筆活動に大きな影響を与えたと考えざるをえない。

一七四一年末から翌年にかけては、私生活においても、経済的に、また精神的に苦しい時期であった。『ミセラニーズ』序文でフィールディングは、「昨年の冬［一七四一年から四二年の冬をさす］、私は痛風で寝込み、愛児は死の床にあり、妻の状態もあまりよくならず・・・」と書いている。一七四二年三月、娘シャーロットが五歳で亡くなる。この時期すでに病気が悪化していた妻も、一七四四年一一月に亡くなる。

『ミセラニーズ』出版にかんして

『ミセラニーズ』全三巻の出版は予約販売方式がとられた。購入希望者は予約時に本体価格の半額を支払い、後日、本と引き換えに残金を支払う。フィールディングは、まだ全三巻を埋めるだけの作品を用意していなかったにもかかわらず、予約を募った。現存する最初の広告は、一七四二年六月五日の『デイリー・ポスト』紙 *The Daily Post* に掲載されたものである。その内容は、全三巻の概要、値段（普通版が一ギニー、豪華版が二ギニー）、支払方法と申込先などである。注目すべきは、出版準備が遅れていることを知らせる特記である。その中で、「先の予約金受領書に記載されている時期、つまり一二月二五日までには必ず配本する」という一節があり、この広告以前に購入予約をすでに受けていたことがわかる。さらに執筆は遅れ、出版は、翌一七四三年四月七日であった。

最終的に予約者数は四二七名にのぼり、注文数は普通版三四二セット、豪華版二一四セットであった。法学院関係者が最も多く七五名。その他、イートン出身者や国会議員、軍人の名前も多く見られる。劇界からの予約もあったが、詩人の名はわずかである。アレクサンダー・ポープの名はない。ロバート・ウォルポールは一〇セットも購入している。チェスターフィールド伯も五セット購入している。販売元のアンドルー・ミラーとフィールディングの間の契約書は残されていないが、当時の慣例から推測して、フィールディングには七七〇ギニー程度の収入があったとされる。しかし、文学批評界からの反応はなかった。

『ミセラニーズ』全三巻の構成を略述しよう。第一巻には、詩三六編、古代ローマの風刺家ユウェナリスの第六風刺詩（ラテン語）の模倣詩（英語）一編、エッセイ四編、その他翻訳を含む散文小作品二編、対話形式の小品一編と寸劇一編が収められている。詩は一編（"To Miss H—and at Bath"）を除き、若い頃から書きためていたものを、『ミセラニーズ』出版のために手直ししたものである。ユウェナリスの摸倣詩（一七二七年頃）が最初に書かれた詩である。風刺的散文『王立協会進講論考』(*Some Papers Proper to be Read before the R—L Society*) は一七四三年二月に単独で出版されており、『ミセラニーズ』出版直前に書かれたものである。

第二巻には、『この世からあの世への旅』*A Journey from this World to the Next* と劇二編が収められている。前者は、ギリシャのルキアノスに倣った寓話である。主人公である語り手が死に、その霊魂が天国の門で冥府の判定者ミノスの審判を聞いたり、あの世にいる歴史的人物と会話する。これらのあの世での体験を語り手が書き綴った原稿が、偶然、この世で見つかったという設定である。物語の根底には真面目な道徳があるのだが、とぼけた語り口は笑いを誘う。なお、三谷法雄氏による翻訳がある（『この世からあの世への旅』近代文藝社、二〇一〇）。

第三巻には、『偉大なる故ジョナサン・ワイルド氏の生涯の物語』*The History of the Life of the late Mr. Jonathan Wild the Great* が収められている。『ジョナサン・ワイルド』の題名で知られるこの作品は、『ミセラニーズ』全三巻のうち、最も有名な作品であり、一七五四年に改訂版も出版された。ワイルド（一六八二?―一七二五）は暗黒世界の支配者として君臨した実在の人物である。彼は、盗賊団を組織し、盗品故買を手広く行い、その過程で、手下の盗人を判事に引き渡し、自身の身の安全をはかった。フィールディングのこの作品は、地位の「偉大さ」を共通項にして、時の宰相ウォルポールとワイルドを重ね合わせた政治風刺である。大あたりをとったジョン・ゲイ作John Gay『乞食オペラ』*The Beggar's Opera*（一七二八年初演）が、ワイルドの行状をウォルポール批判に利用したこともあって、ワイルドを利用する政治風刺の方法は、一七三〇年代には常套的なものとなっていた。この作品の執筆時期については諸説がある（Bertrand A. Goldgar and Hugh Amory, ed., *Miscellanies, by Henry Fielding, Esq. Volume Three* [Middletown: Wesleyan UP, 1997], 197-208を参照）。確かなことは、この作品はウォルポール政権中に政権批判を意図して書かれたが、公刊はされないまま、ウォルポール内閣が終わってしまったことである。そのため、『ミセラニーズ』に収めるにあたっては、新政権への風刺を加えた。『ミセラニーズ』序文に、フィールディングはこの作品について、「悪人でなく悪行が私の主題である」と書いたが、弁明の感は否めない。普遍的なテーマを扱った面白い風刺作品ではあるが、残念ながら、風刺の実際的効力が持つ迫力は失われている。なお、袖山栄真氏による翻訳がある（『悪漢小説集』集英社世界文学全集第六巻、一九七九）。

作品解説

1．詩

フィールディングにとって、詩作は得意分野というわけではなかった。『ミセラニーズ』の序文において詩作について触れ、「この分野の執筆は、私がほとんど自慢できないものであるし、また、これまで、ほぼ私の追い求めるものでもなかったことが、明らかになるであろう」、と謙遜とも言い訳ともつかない言い方をしている。

しかし、当時の文人にとって、詩作は不可欠な素養である。フィールディングも若い頃から、韻律、語の配置など詩作の技術を磨いてきた。合わせて、イートン校時代の読書により、ローマ・ギリシャの文学に通暁していた。フィールディングが手本としたのは、同時代の卓越した詩人である、アレクサンダー・ポープ（一六八八―一七四四）の作品である。その古典的形式美、洗練された機知、道徳的洞察は、当時の絶対的な文学的基準であった。

詩作が不得意であることを認めながらも、『ミセラニーズ』第一巻は詩から始まる。それは、当時の韻文優位の文学的風土から言えば当然のことではあるが、フィールディング自身としても、『ミセラニーズ』のいくつかの詩、特に巻頭近くに置いた詩については、公表してもそれほど恥ずかしくはないという程度の自信はあったのではなかろうか。今回訳出したのは、『ミセラニーズ』第一巻巻頭から順に四編の詩――「真の偉大さについて」、「善良さについて」、「自由」、「友へ、妻を選ぶにあたって」――である。四編とも、基本的には一つの文章を二行に分け脚韻を置く、二行連句（カプレット）の形式をもつ。内容は、「教え、楽しませる」ことを目的とする、詩によるエッセイ(verse essay)である。そして、これら四編の詩を通して考察される主題――偉大さ、善良さ、政治的自由、結婚――は、フィールディングが生涯を通して考え、書き表した、道徳的、哲学的、文学的主題であった。

＊「真の偉大さについて
ジョージ・ドディントン殿宛て書簡」
Of True Greatness. An Epistle to George Dodington, Esq.

『ミセラニーズ』第一巻の巻頭を飾る詩である。この詩はもともと、一七四一年一月に、諸言を付けて単独で出版された。『ミセラニーズ』所収の詩との違いは、コンマなど若干の表記上の変更と、語の変更一か所のみである（訳注（16）参照）。一七四一年の諸言は『ミセラニーズ』には収められていない。

この書簡詩は、ホイッグ系の政治家ジョージ・バブ・ドディントン George Bubb Dodington（一六九一―一七六二）に宛てられている。ドディントンは、一七二四年以来、ウォルポール内閣の大蔵部委員職についていたが、一七三九年、彼が付き従っていたアーガイル公爵が反ウォルポール派にまわったため、翌年、大蔵部委員を辞し、盛んにウォルポール批判を行うようになる。そのため、政府系ライターから盛んに攻撃を受けるようになった。これに対してフィールディングは、親交のあったドディントンを擁護する目的で、一七四一年にこの詩を世に問うた。

さて、一七四一年に出版されたときに付けられた諸言によれば、「この詩は数年前に書かれ、わずかに加筆、修正をして発表するもの」とある。したがって、「偉大さ」(Greatness) を主題にしてすでに一七三〇年代末までに書き温めていた詩を、ドディントン擁護の色合いを強めて修正し、一七四一年に出版したと見てよかろう。

ドディントンは、フィールディングをはじめエドワード・ヤング Edward Young（一六八三―一七六五）、ジェームズ・トムソン James Thomson（一七〇〇―一七四八）などの文人のパトロンでもあった。フィールディングに対する彼の援助が始まったのは、新聞『チャンピオン』創刊時の頃（一七三九）と推測されている。フィールディングは、『チャンピオン』一七四〇年一月二九日号の論説記事、および小説『アミーリア』*Amelia*（一七五一）第十一巻二章においても、ドディントンを称える文章を書いている。

詩の主題は、「真の」偉大さである。巷間に偉大と評される人たちや、偉大さを自認する人たちの実態を活写し、その内実を似非の偉大さとして批判し、そして、真の偉大さとは何かについて、読者に教える。最後に、真の偉大さの体現者がドディントンであるとする。詩の中で、偉大さを詐称する者として風刺の対象となるのは、宮廷人、隠者、征服者、衒学者、批評家、三文文士、洒落者などである。と同時に、概して人の心の中には、称賛を求める気持ちがあるもので、「人は皆、自らが偉大になれる一隅を見つける」（二四二行）、とフィールディングは書く。

一方、称賛されるのは、公共の利益に貢献するシティの商人たち、そして、軍人では初代マールバラ公、政治家ではアーガイル、チェスターフィールド、リトルトン、ドディントン、その他に、リー王座裁判所首席裁判官、聖職者ホードリーなどである。フィールディングが彼らを偉大な人物として列挙するのは、その肩書が理由ではなく、彼らの「高潔な精神」（二五二行）に真の偉大さを認めることができるからであった。

＊「善良さについて
リッチモンド公爵に捧げる」
Of Good-Nature. To his Grace the Duke of Richmond

「真の偉大さについて」に続いて置かれた詩である。『ミセラニーズ』第一巻では、「偉大」と「善良」の概念は対にして考察されている。『ミセラニーズ』序文に、次のような一節がある。「慈愛、道義心、廉直、慈善がよき人をつくり、才能と勇気は偉大な人をつくる資質である」。さらに、善良でなくても偉大な人はいるし、その逆もまたしかり、と説明され、「偉大で善良な性格」"the Great and Good" こそが「人間性にある真の崇高さ」"the true Sublime in Human Nature" であると、フィールディングは言う。序文ではさらに続けて、善良さを欠いた偉大さは、しばしば、その押出しで世間から評価されることさえあると言う。この「大袈裟な偉大さ」"Bombast Greatness" こそ、「真の偉大さについて」の詩の中で考察され、風刺されたものであった。それでは、真の善良さとは何なのか。それが、この詩の主題である。

偉大さが堂々としていて強い性質として褒められるのに対して、善良さは「胸中の愚かな弱さ」（三行）と解釈されてしまうことがある。しかし本当は、善良さは徳の本質、あるいは「徳そのもの」（七行）であり、時には、悪に対して働きかけて、悪を駆逐することさえできる（一四行）。それほどに善良さは万能な性質であると、フィールディングは高く評価する。しかし、偉大さと同様に、人は善良さを誤認してしまう。また、人は他人の偉大さ、善良さに嫉妬して、その人のことを悪く言ってしまうことさえある（九六—一〇一行）。かたや、善良な人の方は、そのような悪意からの羨望は抱かない。

この詩の中で「善良さ」とは「善をなすという栄えある欲望」であると定義されている（二四行）。つまり、「善良さ」とは、人との関係、社会との関係における徳目であり、実践を伴わない自己満足とは無縁である。すべての人を幸せにするために全力を傾ける人、あるいは、人の幸福を祈ることのできる人が、善良な人である（三一—三三行）。そのためには、他人の喜び、悲しみを共感できることが必要である（二五—二八行）。「感情」“Passions”が豊かな人でなければ、他人に共感できない。そして、この感情に恵まれている人がリッチモンド公爵であると、フィールディングは称賛するのである（三九行）。公爵こそ、善良の体現者であるとしている。

最終連において、善良さは「偉大なる人間性」（一〇二行）と呼ばれている。なぜならば、善良さの恵みは善人にも悪人にも及ぶからである。さらに、神から与えられたものに満足するよう説く。

フィールディングの善良さにかんする見解の背景には、一八世紀前半のイギリス社会に浸透していた低教会派の神学がある。低教会派はイギリス国教会の中でも、人間の理性と宗教とのバランスを重要視し、教条主義を排した、比較的自由な考え方をその特徴とする。今一つの、フィールディングの思想の源泉にあるのは、第三代シャフツベリ伯 3rd Earl of Shaftesbury（一六七一—一七一三）の哲学である。特に、この詩における、「共感」を基盤に置いた善良＝徳の観念に、シャフツベリ伯の道徳哲学の影響を見ることができる。

善良さについて、フィールディングは終生考え続けた。後年になると、この詩に見られるような、善良さに対する絶対的な信用は揺らいでくる。小説『アミーリア』*Amelia*（一七五一）の主人公ブースに見られるように、善良であっても愚かさゆえに辛酸を嘗める人間もいる。しかし、フィールディングは、主人公ブースの欠けた善良さを補うべく、正しい道に導いてくれる登場人物を用意している。善良さが、人間の幸福にとって不可欠な性質であることには変わりがない。

この詩が捧げられている、第二代リッチモンド公爵 2nd Duke of Richmond（一七〇一—一七五〇）であるが、すでにフィールディングは、劇『守銭奴』*The Miser*（一七三三）を公爵に捧げている。また、後年『近年の窃盗増加の原因にかんする論究』*Enquiry into the Causes of the Late Increase of Robbers*（一七五一）セクション五の中で、公爵が窃盗団取締のために力を尽くしたことを高く評価している。『ミセラニーズ』の予約購読者リストに公爵の名はないが、公爵夫人は六セットも予約購読している。謝意を表し、リッチモンド公爵夫人については、一一一行で言及されている。

この詩の執筆年代はわかっていない。九六行から一〇一行に酷似する詩行が、フィールディング主幹の新聞『チャンピオン』一七三九年一一月二七日号に掲載されている（訳注（8）参照）。また、一七四一年五月に、ヘンリー・ブロムリー Henry Bromley（一七〇五—一七五五）が初代モントフォート男爵 1st Baron Montfort に叙せられたことについての言及（一一三行）がある（訳注（12）参照）。

＊「自由

ジョージ・リトルトン殿に寄せて」

Liberty. To George Lyttleton, Esq.

この詩については、その政治的、社会的文脈を説明する必要があろう。この詩が扱う「自由」（liberty）とは、政治的自由をさす。名誉革命（一六八八）を経た一八世紀のイギリスにおいては、「自由」は政治を論じる際のキーワードであった。名誉革命とは、国王ジェームズ二世の追放と、新たに彼の長女メアリーとその夫であるオラニエ公ウィレムの即位を無血で成し遂げたことを言う。さらに、この即位は、「権利宣言」（のちに「権利章典」として制定される）の提出を含んでいた。これにより、前スチュアート王朝時代の国王と議会との対立に、正式な終止符が打たれた。このことは、国民あるいは議会が、前国王の恣意的な権力行使に抵抗しこれを廃し、新たに、立憲君主制を作り上げ、その結果、政治的自由を獲得したものとして理解されたのである。

近代議会政治制度は、他国に先がけて、まずイギリスで実現を見たものであった。イギリスの人びとは、名誉革命後の自国の政治的自由を自負し、やがてそれは、愛国心と結びついた。また、名誉革命を支えたイデオロギー、および、オラニエ公ウィレムをイギリス国王ウィリアム三世として擁立した実際的政治行動の両面において、ホイッグ（トーリーと並ぶ政治グループで、まだ政党と呼べるまで組織的ではなかった）は、トーリーに対して優位であった。そして、「自由」という語はホイッグの旗印となった。

さらに、一七二一年から四二年の長期間、ホイッグのリーダーであるロバート・ウォルポールが政権をとる。今でいう首相にあたる、第一大蔵卿を務めた。イギリスを、経済的、軍事的にヨーロッパの雄になるまで持ち上げた優れた手腕を持つ政治家である。しかし、一七三〇年代になると、ウォルポールに反対する議員たち、特に同じホイッグ内の与党内反対派勢力による内閣批判が強くなる。彼らは、ウォルポールが議員への恩顧授与により庶民院を数において掌握したことに対して、危機感を募らせた。また議会の外では、新聞、政治的著作物がウォルポールの政治手法を盛んに批判し、人びとの間に政治的議論の気を醸成した。その中で、「自由」という言葉に、独自の用法が加わった。すなわち、ウォルポールの「腐敗」した政治により、イギリスの「自由」が危機に瀕していると言うのである。

政治的自由については、政治評論だけでなく、文学もしばしば主題として取り上げている。この自由をめぐる言説の系譜の中で、ジェームズ・トムソンが一七三五年から三六年にかけて発表した長詩『自由』*Liberty* は、まさに集大成と呼べる作品であった。

今一つの重要な政治・社会的文脈として、この詩がジョージ・リトルトン George Lyttelton（一七〇九－一七七三）に捧げられていることを挙げなくてはならない。フィールディングと彼は、共にイートン校出身で、その交友は生涯続いた。リトルトンは、「真の偉大さについて」二六二行においても称揚されている。人柄は温厚で、人格者として知られた。また、自らも詩、散文をよくし、著作集もある。詩人アレクサンダー・ポープ、政治家にして文人の初代ボリンブルック子爵ヘンリー・シン・ジョン　Henry St. John, 1st Viscount of Bolingbroke（一六七八―一七五一）とも交流があった。

一七三五年、リトルトンは、与党ホイッグの庶民院議員に選出された。この年夏、彼の母の兄にあたるコバム子爵 Viscount Cobham, Richard Temple（一六七五―一七四九）が親類縁者を集め、ウォルポール内閣に反対するグループを結成することを決定した。コバム子爵は、一七三三年の消費税法案に反対し、近衛騎兵連隊長を解任され野に下っていた。この日集まった子爵の親類縁者の中には、リトルトンの他に、のちに政治の中枢に入ることになるジョージ・グレンヴィル George Grenville（一七一二―一七七〇）、ウィリアム・ピット William Pitt（一七〇八―一七七八）がいた。以後、彼らは、「コバムの子たち」(Cobham's Cub)、「コバム派」(Cobhamites) と呼ばれ、ウォルポール内閣批判の急先鋒に立った。フィールディングのこの詩は、彼らへのエールとして読むことができる。

リトルトンはまた、早くからフレデリック皇太子 Frederick Louis, Prince of Wales（一七〇七―一七五一）の信頼を得ていた。国王と対立する皇太子の周りには、「愛国派」(Patriots) と呼ばれた反ウォルポール勢力が集まった。「コバム派」は「愛国派」でもあった。また、文化的後援者でもあるリトルトンは、リトルトンを介して、上述の詩人トムソンを皇太子に紹介し、トムソンの長詩『自由』は皇太子に献辞が捧げられている。

さて、フィールディングの詩「自由」である。まず、第一連（一―一二行）は、ブリトン人（イギリス国民）に対して呼びかけて、リトルトンがイギリスの自由達成に貢献していることを感謝するように言う。続く、詩の前半部（一三―七九行）は、「自由」の歴史、すなわち人類史上、政治的権力がどのようにして生まれ、政治的自由がどのように衰退して行ったかについて、思弁的に語られる。そもそも自然状態では生き物は自由であるとされる。しかし、人間社会では強者が権力を奪い取る。やがて、「二番目に身分の高い人たち」（四二行）が立ち上がり、圧制に苦しむ人びとを解放する。解放者と人びとは「契約」“Compact”を結び、人びとは「自らの自由を保つために解放者に権力を与えた」（六四行）。しかし、この理想の政権は、「新しい手法によって」（七一行）王の称号を得る者が現れ、敗れ去る。そして、人間社会は不可避的に堕落した。

詩の後半部（八〇―一三七行）では、古代ローマの歴史を語り、共和政ローマの「市民」“the Citizen”が自由のために自前で戦ったこと、元老院議員たちがノブレス・オブリージュ（Noblesse Oblige）を果たしていたことが語られる。そのローマは凋落し、今やブリテンこそが自由を達成しつつあると言う。最後に、詩人はイギリスの自由の存続を祈願する。

他の詩と同様、この詩の執筆年も推測するしかないのだが、一七三〇年代のウォルポール内閣を批判する論法との重なり、トムソン作『自由』の出版年から見て、一七三五年から三七年頃に書かれたものであろう。もちろん、『ミセラニーズ』出版に際して、修正は加えられたであろうが、一七四二年のウォルポール退陣以後についての時事的言及はない。

＊「友へ
妻を選ぶにあたって」
To A Friend on the Choice of a Wife

この詩が宛てられた「友」がだれであるのかは特定できない。フィールディングの伝記を著したウィルバー・L・クロス Wilber L. Cross は、この詩は、ジョージ・リトルトンの結婚（一七四二年六月）に際して書かれたものであろうと推測している（*The History of Henry Fielding*, Vol. I, 384）。しかし、「友」をリトルトンに特定する理由を、詩の中に見つけることは難しい。ヘンリー・ナイト・ミラー Henry Knight Miller は、この詩の執筆年は不明と判断している（"General Introduction", *Miscellanies, by Henry Fielding, Esq. Volume One*, xlv）。

冒頭、詩人は、人に助言をすることは難しいと言う。特に、愛情問題について友に助言を与えるのは難題であると嘆く。そして、理想の結婚像を示す前に、結婚生活の悲哀を語り始める。その不幸は、一般に、伴侶を選ぶ際の間違いに端を発すると言う（二九―三四行）。これは、妻を選ぶ側の過ちであるが、詩人は妻になる女性の側に非があると見ている。そもそも男性が結婚相手を選ぶ際に過つのは、女性の「罠」に騙されるからという発想である。詩人は、女性がいかに巧妙に「技」を仕込み、仕掛けるのか、男性がどのように女性を誤認するのかについて説明する（五六―一二四五行）。男性が避けるべき女性として列挙されているのは、評判の美人、才女、馬鹿娘、財産を持つ娘、貴族の娘、コケット、おすまし屋などで、その生態が描かれる。詩人は、結婚は空籤がほとんどの籤引きであるから勧められないと言いつつも（二二五―二二八行）、友が男女の愛を基盤とする結婚をすることを勧めている（五四―五五行）。最後には、友のために、理想的な妻の姿を提示し、友の幸福な結婚を祈る（二五〇―二六七行）。

一見、辛辣な女性風刺のように見えて、フィールディングの筆致は、「女性嫌い」までは行かない。また、女性の愚かさをからかう調子はあるが、しばしば才人が示す、女性軽視の冷徹さは含まれていない。これは、フィールディングの気質から来るものであろう。また、彼自身が、熱愛の末シャーロットと結婚し、彼女のことを理想の妻だと考えていたことが根底にあるかも知れない。

一八世紀イギリス文学が受け継いでいた女性風刺の伝統の最たるものと言えば、ローマのユウェナリス（六七頃―一三八頃）が残した『諷刺詩』第六歌である。フィールディングも、模倣を試みている。『ミセラニーズ』第一巻には、ユウェナリスの第六歌を「当世風」に英訳した翻案詩が収められている。『ミセラニーズ』序文においてフィールディングは、この翻案詩が二十歳前の自身の失恋の恨みから書かれたものだと説明した後で、ユウェナリスの辛辣な女性風刺を真似たことについて弁解じみたことを書いている。「私自身は、女性に対して称賛を送りたい方である。私は、女性はこれまでわれわれ男性からきわめて不当な厳しさをもって扱われてきたと思っている。われわれは、女性が実際に過失を犯すと（本当にそのようなことがあったとして）、こっぴどくこきおろすが、われわれの方が、女性を過失へと誘惑し、そして、裏切るのだ。さらに、われわれ自身は、勝手気ままにその過失の最も甘美な果実を味わうのである」(*Miscellanies, by Henry Fielding, Esq. Volume One*, 3)。

一方、「友へ」においては、女性の容姿の美しさ、財産に惹かれて結婚した男性は、結局は結婚の仕合せを味わうことはできないとされる。それでは、どのような女性が、理想の妻になりうるのか。それは「柔和な魂」（二五六行）と夫になる人への「情熱」（二五九行）を持つ女性であると、詩人は説く。

2. エッセイ

『ミセラニーズ』第一巻には、四編の散文によるエッセイが収められている。「会話について」(*An Essay on Conversation*)、「人の性格を知ることについて」(*An Essay on the Knowledge of the Characters of Men*)、「無について」(*An Essay on Nothing*)、「友を失った苦しさを癒す方法」(*Of the Remedy of Affliction for the Loss of Our Friends*)である。このうち、完成度の高い最初の二作品を訳出した。

フィールディングは、本来、散文を得意とする作家である。『ミセラニーズ』出版以前に彼が手がけた『チャンピオン』紙の記事にも、鋭い人間観察、時事的観察にもとづくエッセイがある。それらにくらべると、今回訳出した二編のエッセイは長い。そのため、明確な論理的構成を持った、遊びの少ない論説になっている。また、読者に「教え」を与えることを目的としており、文章も真面目な調子である。二作品とも、日々の生活をより正しく、より幸せに送るための社会道徳を扱っており、モラリストとしてのフィールディングの側面を、直裁に窺い知ることができる。なお、二作品とも、執筆年代は不明である。

＊「会話について」
An Essay on Conversation

題名にある「カンヴァセーション」(conversation)には、「会話」という意味の他に、「交際・社交」という意味がある。この作品においても、円滑な会話のための工夫と規則の提案にとどまらず、会話を主体とする社交のあり方について広く論じられている。会話についての考察は、社交の考察でもあるのだ。フィールディングは、会話をする人間同士の関係性、そして会話の社会的意義に注目している。訳語はすべて「会話」で統一したが、「社交」をあてて読んでいただいてもよい。

ヨーロッパでは古くから会話について折に触れて言及され、哲学書、評論、礼儀作法書に記されている。特に後者の礼儀作法書では、洗練された会話は社交における上品な振る舞いとして重要視されている。上流階級の男性にとって（時に女性にとっても）、会話は学ぶべき作法であった。一六世紀イタリアにおいて出版された、カスティリョーネ Baldassarre Castiglione（一四七八—一五二九）の『廷臣論』*Il Cortegiano*（一五二八）、デラ・カーサ Giovanni Della Casa（一五〇三—一五五六）の『ガラテーオ』*Il Galateo*（一五五八）、ステファノ・グアッツォ Stefano Guazzo（一五三〇—一五九三）の『礼儀正しい会話』*La civil conversazione*（一五七四）の三冊の礼儀作法書は、特に有名である。イタリアの伝統を受け継ぎ、フランス一七世紀の礼儀作法書も会話を重要視している。シェヴァリエ・ド・メレ Chevalier de Méré（一六〇七—一六八四）、ピエール・オルティーグ Pierre Ortigue de Vaumorière（一六一〇?—一六九三）、ジャン-バプティスト・モヴァン・ド・ベルガルド Jean-Baptiste Morvan de Bellegarde（一六四八—一七三四）によるものなど、多数ある。そして、一八世紀のイギリスにおいては、紳士の教養として会話を重視した論考が人気を得た（イタリア、フランス、イギリスで出版された、会話にかんする書物の目録は、Peter Burke, *The Art of Conversation* [Cambridge: Polity Press, 1993], 121-22 を参照）。

　フィールディングがどの作品を基本において彼の会話論を仕上げたかは特定できない。しかし背景に、ジョセフ・アディソン Joseph Addison（一六七二―一七一九）とリチャード・スティール Richard Steele（一六七二―一七二九）の『スペクテーター』紙 *The Spectator*（一七一一―一二）があることは間違いなかろう。彼らは、文化的な市民生活のあり方を提唱するエッセイを連載し、会話にかんしてもたびたび言及している。深遠な哲学を学者の書斎や大学から持ち出し、「クラブや会合、ティー・テーブル、そしてコーヒー・ハウスに置く」という執筆態度は（『スペクテーター』第十号、一七一一年三月一二日号）は、新しいエッセイのスタイルとして受け入れられた。さらに興味深いことに、一七三五年にピエール・オルティーグの書物の英訳『会話における人を楽しませる術』(*The Art of Pleasing in Conversation*) が出版され、続く一七三八年にステファノ・グアッツォの礼儀作法書の英訳『会話術』(*The Art of Conversation*) が出版された。二書ともすでに別の訳者による翻訳は出ていたことからも、一七三〇年代後半における、会話術の書に対する読者の興味の高まりを推測してもよいかも知れない。

　さて、フィールディングは、彼のエッセイを、人間が「社会的動物《ソーシャル・アニマル》」であるという哲学的前提から始める。人間以外の動物も群れをなして一種の社会的状態を作ることがあるから、獣の本性（ネーチャー）に社会（ソサエティ）を全く認めないというわけではないが、「社会の高尚な分野」

である会話については人間に限られると言う。つまり、会話は人間の本性に根ざすものとされる。

同様に、会話について、キケロは次のように語っている。「私的な閑暇にあっていかなる点でも粗雑さのない聡明な談話ほど、心地よいもの、いや、真の人間性 (humanitas) に固有のものが他にあるだろうか。というのも、互いに言葉を交わし、感じたこと、思ったことを言論によって表現できるという、まさにその一点こそ、われわれ人間が獣にまさる最大の点だからである」（キケロ **Marcus Tullius Cicero**『弁論家について』*De Oratore*［前五五］第一巻八章三二節、大西英文訳『キケロ選集』第七巻、岩波書店、一九九九、一八―一九頁）。

フィールディングの定義によれば、「会話」とは、「互いの考えを交換すること、それによって真理が検証される」、「ある意味で、物事が『回され』、ふるいにかけられ、そしてわれわれのあらゆる知識が相互に伝達される」（本書六六頁）ことである。

次に問題になるのは、会話のよりよい方法、すなわち会話の術（アート）である。それは、社会の構成員たる人間が「互いに楽しみを与え合う、あるいは善を施し合う術」（本書六九頁）である。この術に最も近い意味を持つ語として紹介されるのが、「育ちのよさ」(good-breeding) である。「よいしつけ」あるいは「行儀のよさ」と訳すこともできる。『ミセラニーズ』序文において、この「育ちのよさ」について、フィールディングは次のように説明している。「真の育ちのよさは、人が全力を尽くして、自分の周りのすべての人びとの満足と幸福に貢献することからなる」(*Miscellanies, by Henry Fielding, Esq.Volume One*, 4)。「育ちのよさ」、「会話において人を楽しませる術」は、行動と言葉の両面に表れる。両面での処し方の規則とされるのは、「人にしてもらいたいと思うことを、人にもしなさい」という聖書の金言である。

ここまでが、「会話」についての一般論で、後段では、会話の場を想定し、架空の人物による会話の様子を描写している。これをもって読者にわかりやすい例とし、会話の理想のあり方を教えている。フィールディングが会話の場として選んでいるのは、少人数が集まる社交的なパーティー、訪問した個人宅など、親しい人たちの交流の場である。そこでは、初対面の人と交わる場合もあるし、男女が同席する場合もある。相手の身分、立場に応じた会話が奨励され、会話にふさわしくないものとして、中傷、蔑視、厚かましさ、教養をひけらかすこと、会話の独占、下手な冗談、卑猥な言葉、白熱する論争などが挙げられる。その際、礼儀作法に則っているかどうかという観点からではなく、会話が、集まった人びと、そして社会に対して善をなしうるかどうかを判断基準にして解説されている。うわべだけの行儀のよさは偽善として指摘され、傲慢な態度は人を傷つけるものとして糾弾されている。しかし、フィールディングは礼儀作法が不必要であるとは言っていない。互いに楽しみを与え合うために、儀礼的な慣習さえ必要とされる。そして、「育ちのよさに必須の精神の習性」とは、「グッド・ネーチャー」すなわち性格のよさ、善良さである。

＊「人の性格を知ることについて」
An Essay on the Knowledge of the Characters of Men

『ミセラニーズ』序文においてフィールディングは、この作品の目的にふれて、偽善の正体を明らかにし、「正直で、なんの企みも持たず、率直な人」が偽善の餌食にならないよう、人びとを守ることだと言う(*Miscellanies, by Henry Fielding, Esq, Volume One*, 4)。また、本論でも、若くて経験の乏しい人たちや、いわゆる善良な人たちが、無知や不注意から偽善にさらされていると言う。

題名にある「人の性格を知ること」とは、相手の性格を正しく見抜くことである。それは、偽善者の正体を見抜くことにつながる。本作品では、そのための方法、規則が提示されている。フィールディングは、それらが善良な読者への警告として有効であることを期待しつつも、偽善者の矯正のための方法を提示するという視点からの議論はしていない。

偽善というのは、一種の仮面をつけて正体を隠すことである。フィールディングが、多くの人がだまされやすい仮面として挙げているのは、真面目そうな厳しい顔、人当たりのよい笑みを浮かべた顔である。「見かけを信頼してはならない」という格言は確かに的を射ているのだが、一方で、人の顔立ち、表情をよく観察すると、そこに人の性格が表われているのも事実である。ただ、それを読み取る洞察力を持つ観察者は少ない。人が過つのは、相手の自己評価の言葉を信じるときと、世間の評判から人を判断するときである。そこで、フィールディングは、人の行動を自分の目でじっくりと観察することの重要性を説く。

次に、善良な人が警戒すべき対象が例示される。お世辞を言う人、友達だと公言する人、空約束をする人、他人の秘密を詮索する人、誹謗中傷する人、似非「聖者」である。これらのうち激烈に非難されるのが、聖者を装う宗教家の偽善である。彼らの「不機嫌で、気難しく、意地の悪い、検閲官のような神聖さ」(本書一三二頁)が、疑うことを知らぬ、真面目な信者の良心を深く傷つけるからである。この「聖別された偽善」(本書一三四頁)については、「マタイによる福音書」第二三章を引きながら、フィールディングにしては異例の厳しい口調で説明している。

さらに偽善者を見抜く方法として、家族や友達などの親しい関係の人たちと一緒にいるときの人の行動を観察することを挙げている。

こうした考察の前提にあるのは、本書で訳出した他の作品と同様、社会の安寧と社会の中で生きる人間のよりよいあり方の追求である。偽善者が特定の人を欺くことだけが、本論で非難されているわけではない。偽善者の社会全体に及ぼす影響からも非難される。偽善が社会に横行することにより、社会全体の徳性が堕落することが危惧されるのである。

最後に訳語について記しておきたい。「性格」は character の訳語である。Human Nature は「人間性」、Nature は「本性」、disposition は「性質」、「性根」、quality は「特質」、temper は「気質」、inclination は「傾向」と訳し分けた。

翻訳にあたって底本に用いたのは、Wesleyan 版フィールディング全集所収の Henry Knight Miller, ed., *Miscellanies, by Henry Fielding, Esq, Volume One* (Middletown: Wesleyan UP, 1972). である。Wesleyan Universty Press の許可を得て使用した。これは、一七四三年四月出版の初版を用いたものである。また、ECCO (Eighteenth Century Collections Online) 所収の、*Miscellanies by Henry Fielding Esq; In there volumes. The second edition. Volume 1 of 3* も参照した。これは、初版直後（一七四三年四月）に出版された第二版である。

詩「真の偉大さについて」については、一七四一年に単独で出版されたものと校合を行った（大

英図書館所蔵、Ashley 4830)。

訳注作成にあたっては、底本にしたWesleyan版の注に多くを負っている。訳注の中で言及した文献の版については、『ミセラニーズ』出版年に近いもの、あるいはフィールディングの蔵書目録に載っている書物の版を優先した。

聖書からの引用については、新共同訳『聖書』(一九八七)を利用したが、フィールディングの引用に沿って改変した箇所がある。訳注の記載については、前掲の注に戻らないようにするため、人名は重複記載をした。また、人名、書名は原語名を併記した。

最初に『ミセラニーズ』所収の作品を翻訳したのは、二〇〇五年であった。詩「自由」の訳を、『名城大学人文紀要』第七九集(四一巻一号)に掲載したのが最初である。それ以後、断続的にいくつかの作品を訳して同紀要に発表したものに、今回かなり手を加えた。訳注作成のためのリサーチは大英図書館で行った。フィールディングが読んだであろう書物の一節を探す作業は、彼の創作の舞台裏を覗いているかのような楽しいものであった。

最後になったが、翻訳出版の願いを叶えてくださった佐々木元英宝社代表取締役社長に厚く御礼申し上げたい。また、不慣れな訳者のために、最初の一歩から導いていただき編集の労をとってくださった英宝社の下村幸一氏に、心より感謝申し上げる。

二〇一七年七月

一ノ谷　清美

ヘンリー・フィールディング年譜

一七〇七年
四月二二日、サマセット州グラストンベリー近郊のシャーパム・パークで誕生。父エドモンド・フィールディングは、陸軍中佐でマールバラ公爵指揮下の軍に属した経験を持つ。デンビー伯爵(the Earl of Denbigh)とは血縁。母セアラは、王座裁判所裁判官サー・ヘンリー・グールドの一人娘。
一七一〇年
イングランドとスコットランド合同。
一家はドーセット州イースト・スタウアに移る。
一七一四年
アン女王死去。ジョージ一世即位、ハノーヴァー朝成立。
一七一五年九月——一七一六年二月
ジャコバイトの乱。
一七一八年
四月、母セアラ死去。

一七一九年
父エドモンドはロンドンに出て、カトリック教徒のアン・ラファと再婚。
一七一九年―二四年
イートン校に在学。
一七二一年
ロバート・ウォルポール、第一大蔵卿に就任。
一七二七年
ジョージ二世即位。
一七二八年
二月、喜劇第一作『恋の種々相』(*Love in Several Masques*) 初演。
三月、ライデン大学に留学(一七二九年まで)。
一七二九年
父エドモンド、裕福な未亡人エレナー・ヒルと再々婚。
一七三〇年
『法学院の伊達男』(*The Temple Beau*)、『作者の笑劇』(*The Author's Farce*)、『トム・サム』(*Tom Thumb*)、『レイプ・アポン・レイプ』(*Rape upon Rape*)、『コーヒーハウスの政治家』(*The Coffee-House Politician*) 初演。
一七三一年

『悲劇中の悲劇、トム・サム一代記』(*The Tragedy of Tragedies: or The Life and Death of Tom Thumb*)、『手紙書き』(*The Letter Writers*)、『ウェルッシュ・オペラ』(*The Welsh Opera*)、『グラブ街オペラ』(*The Grub-Street Opera*) 初演。

一七三二年

「宝くじ」(*The Lottery*)、『今様亭主』(*The Modern Husband*)、『放蕩老人たち』(*The Old Debauchees*)、『コヴェント・ガーデンの悲劇』(*The Covent-Garden Tragedy*)、『にせ医者』(*The Mock Doctor*) 初演。

一七三三年

『守銭奴』(*The Miser*)、『デボラ』(*Deborah*) 初演。

一七三四年

『陰謀を企む小間使い』(*The Intriguing Chambermaid*)、『イングランドに来たドン・キホーテ』(*Don Quixote in England*) 初演。野党系新聞『クラフツマン』(*The Craftsman*) に匿名で寄稿(一七三九年まで)。

一一月、ソールズベリに住むシャーロット・クラドックと結婚。

一七三五年

『知恵を教えられた老人』(*An Old Man Taught Wisdom*)、『万人の色男』(*The Universal Gallant*) 初演。

一七三六年

自ら一座を創設し、ヘイマーケット小劇場の経営を始める。『落首』(*Pasquin*)、『よろけるディック』(*Tumble-Down Dick*) 初演。

一七三七年

『ユーリディス』(*Eurydice*)、『一七三六年の歴史的記録』(*The Historical Register for the Year 1736*)、『野次られたユーリディス』(*Eurydice Hiss'd*) 初演。

六月、劇検閲令 (*The Theatrical Licensing Act*) の公布。

一一月、法律家をめざし、ミドル・テンプル(法学院)に入学。

一七三九年

一一月、週三回発行の新聞『チャンピオン』(*The Champion*) 創刊、ジェームズ・ラルフと共同編集(フィールディングは一七四〇年末まで定期的に執筆)。

一七四〇年

六月、法律家として登録。

一七四一年

一月、詩『真の偉大さについて』(*Of True Greatness*)、『ヴァーノン頌』(*The Vernoniad*) 出版。

四月、風刺短編『シャミラ』(*Shamela*) 出版。

六月、父エドモンド死去。

一二月、政治的寓話、『反対派——或る夢想——』(*The Opposition: A Vision*) 出版。

一七四二年

二月、ウォルポール、第一大蔵卿を辞任。

二月、小説『ジョウゼフ・アンドルーズ』(*Joseph Andrews*) 出版。

三月、長女シャーロット死去。

一七四三年

二月、風刺作品『王立協会進講論考』(*Some Papers Proper to be Read before the R[oya]l Society*) 出版、『結婚式の日』(*The Wedding-Day*) 上演。

四月、『ミセラニーズ』(*Miscellanies*) 全三巻出版。

一七四四年

一一月、妻シャーロット死去。同月、風刺作品『ハノーヴァー鼠の博物学への試み』(*An Attempt towards a Natural History of the Hanover Rat*) 出版。

一二月、「広い基盤」の内閣成立 (the Broad-Bottom government)。ペラム、第一大蔵卿に就任。

一七四五年

七月、風刺作品『陪審員への説示』(*The Charge to the Jury*) 出版。ジャコバイトの乱（翌年四月まで）。

十月、『グレート・ブリテンの国民に告ぐ』(*A Serious Address to the People of Great Britain*)、『スコットランドにおける現在の反乱』(*The History of the Present Rebellion in Scotland*)、『悪魔と教皇と僭主との対話』(*A Dialogue between the Devil, the Pope, and the Pretender*) 出版、『放蕩者たち』(*The Debauchees*) 上演。

一一月、反ジャコバイトの週刊新聞『真の愛国者』(*The True Patriot*) 発行（一七四六年六月一七日号まで）。

一七四六年

一二月、『夫は女性』(*The Female Husband*) 出版。

一七四七年

六月、ペラム内閣のために『二人のコート派議員候補者の選挙責任者であるロンドンの紳士とカントリー派の正直な参事会員との対話』(*A Dialogue between a Gentleman of London, Agent for two Court Candidates, and an Honest Alderman of the Country Party*) を出版。

一一月、メアリ・ダニエルと再婚。メアリは亡妻シャーロットの女中で、その後もフィールディング家の手伝いをしていた女性。

一二月、ペラム内閣支持の週刊新聞『ジャコバイト・ジャーナル』(*The Jacobite's Journal*) 発行（一七四八年一一月五日号まで）。

一七四八年

七月、ウェストミンスター区の治安判事に任命されるが、任務開始は同年一一月。

十月、エクスラシャペル条約締結。

一七四九年

一月、ミドルセックス州の治安判事になる

二月、小説『トム・ジョウンズ』(*Tom Jones*) 出版。

三月、『大陪審員への説示』(*A Charge Delivered to the Grand Jury*) 発行。
一一月、『ボサヴァン・ペンレス事件の真相』(*A Ture State of the Case of Bosavern Penlez*) 出版。
一七五〇年
二月、異母弟ジョン・フィールディングと共に、「百般斡旋事務所」(the Universal Register Office) を開始。
一七五一年
一月、『近年の窃盗増加の原因にかんする論究』(*An Enquiry into the Causes of the Late Increase of Robbers*) 出版。
二月、『百般斡旋事務所のプラン』(*A Plan of the Universal Register Office*) 出版。
一二月、小説『アミーリア』(*Amelia*) 出版。
一七五二年
一月、『コヴェント・ガーデン・ジャーナル』紙 (*The Covent-Garden Journal*) 発行（同年一一月二五日号まで）。
一七五三年
一月、『効果的な貧民救済のための提言』(*A Proposal for Making an Effectual Provision for the Poor*) 出版。
三月、『エリザベス・カニング事件の真相』(*A Clear State of the Case of Elizabeth Canning*) 出版。
一七五四年

三月、『ジョナサン・ワイルド』(*Jonathan Wild*) 改訂版を出版。

六月、水腫、喘息に苦しみ、転地療法のためにポルトガルのリスボンへ向かう。八月、リスボン着。

十月八日、死去。リスボンの英国人墓地に葬られる。

一七五五年

二月、『リスボン渡航記』(*The Journal of a Voyage to Lisbon*) 出版。

一七六二年

アーサー・マーフィー編、『ヘンリー・フィールディング作品集』(*The Works of Henry Fielding Esq; with the Life of the Author*) が出版される。

参考文献

Battestin, Martin C. *Henry Fielding: A Life*. London: Routledge, 1989.

Cross, Wilbur L. *The History of Henry Fielding,* 3 vols. New Haven: Yale UP, 1918.

Downie, J. A. *A Political Biography of Henry Fielding*. London: Pickering & Chatto, 2009.

Fielding, Henry. *The Correspondence of Henry and Sarah Fielding*. Ed. M. C. Battestin and C. T. Probyn. Oxford: Clarendon Press, 1993.

——. *Miscellanies, by Henry Fielding, Esq; Volume One*. Ed. Henry Knight Miller. Middletown: Wesleyan UP, 1972.

——. *The True Greatness*. London, 1741.

Miller, H.K. *Essays on Fielding's Miscellanies: A Commentary on Volume One*. Princeton: Princeton UP, 1961.

Ribble, Frederick G. and Anne G. Ribble. *Fielding's Library: An Annotated Catalogue*. Charlottesvillle: The Bibliographical Society of the University of Virginia, 1996.

《訳者略歴》

一ノ谷　清美（いちのたに　きよみ）
同志社女子大学大学院文学研究科博士後期課程満期退学。名城大学人間学部教授。専門はイギリス18世紀の文学。主論文に「シティとプレス―フィールディングの『チャンピオン』論説記事」、「ロンドンの新聞とジャコバイトの乱（1745）」、「パッラーディアニズムと建築批評―ジェームズ・ラルフとバティー・ラングリー」等。

ヘンリー・フィールディング
『ミセラニーズ』―詩とエッセイ―

2017年9月20日　印　刷　　2017年9月29日　発　行

著　　者　ヘンリー・フィールディング
訳　　者　一ノ谷　清美
発 行 者　佐々木　元

発 行 所　株式会社　英　宝　社
〒101-0032 東京都千代田区岩本町 2-7-7
TEL 03 (5833) 5870-1 FAX 03 (5833) 5872

ISBN 978-4-269-82049-4 C1098
［製版：伊谷企画／印刷・製本：モリモト印刷株式会社］